ARSÈNE LAGRIFFE

RÈGLE SES COMPTES

L'auteur

Jennifer Gray vit en Écosse avec son mari, ses quatre enfants et son chat Henry. Elle a commencé à écrire dès ses dix ans, mais a dû attendre l'année 2012 pour voir une de ses histoires éditée. *Arsène Lagriffe règle ses comptes* est le deuxième roman d'une série de sept tomes.

Dans la même collection :

Arsène Lagriffe hors-la-loi
Arsène Lagriffe règle ses comptes
Arsène Lagriffe donne la patte
Arsène Lagriffe prend le large
Arsène Lagriffe enquête au musée

JENNIFER GRAY

ARSÈNE LAGRIFFE

RÈGLE SES COMPTES

Traduit de l'anglais (Angleterre)
par Sophie Dieuaide

POCKET JEUNESSE
PKJ.

Titre original :
Atticus Claw
Settles a Score

Publié pour la première fois en Angleterre en 2013
par Faber and Faber Limited

Loi n° 49-956 du 16 juillet 1949 sur les publications
destinées à la jeunesse : août 2017.

ISBN 978-2-266-26102-9

Dépôt légal : août 2017

À ma sœur
avec un remerciement spécial à Henry et Dougal

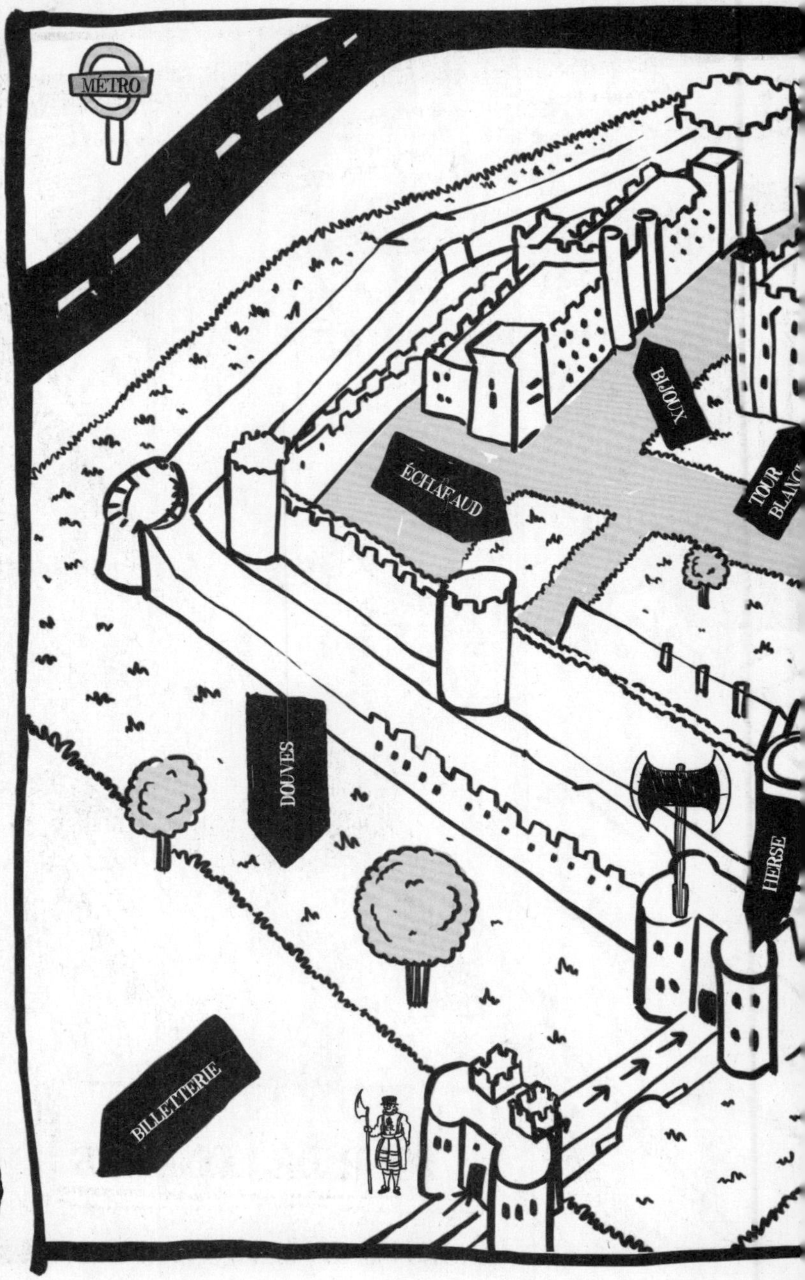
MÉTRO
BIJOUX
ÉCHAFAUD
TOUR
DOUVES
HERSE
BILLETTERIE

TOWER BRIDGE
CAFÉ
TOUR SANGLANTE
PORTE DES TRAÎTRES
LA
TOUR DE LONDRES

1

Arsène Mitaine Escogrif Lagriffe, naguère le meilleur chat cambrioleur du monde, détestait l'avion. Voler était bon pour les oiseaux ! À l'époque où il cambriolait encore, il ne voyageait qu'en compartiment de première classe par le train ou sur un bateau de croisière, jamais en avion.

Et l'épouvantable engin dans lequel il se trouvait maintenant était pire qu'un avion.

Pire qu'un hélicoptère, pire qu'une montgolfière.

Un instrument de torture pour chats !

Arsène ouvrit un œil puis le referma.

S'il avait su ce que prévoyait la famille Cheddar, jamais il n'aurait accepté ces vacances à Londres. Quand Lucie lui avait montré la chose de loin, il l'avait d'abord prise pour une roue pour hamster géant (même s'il savait bien que les hamsters géants étaient peu nombreux à Londres pendant la saison touristique). Arsène aurait apprécié que quelqu'un le prévienne. Question de confiance. Une minute plus tôt, il mangeait l'esprit tranquille le sandwich au thon de Michael ; l'instant d'après, Lucie le soulevait pour l'entraîner dans une cabine de verre. Laquelle cabine n'avait pas l'air solide du tout, accrochée à l'immense roue et montant toujours plus haut dans le ciel.

— Tout va bien, Arsène ? demanda gentiment Lucie.

— Tu sembles bizarre, remarqua Michael en lui chatouillant le menton. Tu es malade ?

Arsène ronronna faiblement. « Enfin, on remarque que je suis au plus mal ! » Un peu tard, maintenant qu'ils avaient décollé.

— Cette grande roue, Arsène, on la surnomme « l'Œil de Londres », précisa Mme Cheddar en prenant sa patte. Il ne faut pas avoir peur, tous les touristes y montent. La vue est fantastique de là-haut. Regarde le fleuve… c'est la Tamise !

« L'Œil ? » Pourquoi aurait-on envie de voyager dans un œil ? Justement, Arsène ferma les yeux. Il ne voulait pas voir la Tamise.

Est-ce que Mme Cheddar oubliait que les chats *détestent* l'eau ? Il voulait sortir de là.

— Miaouuuuuu !

— Arrêtez de le dorloter ! râla l'inspecteur Cheddar. Ce n'est pas un chaton, c'est un chat policier ! Il faut qu'il s'endurcisse.

Arsène sentit que Michael caressait son oreille abîmée.

— Mais, papa, on est tous en vacances, dit le garçon.

— Grâce à Arsène !

Lucie ajusta le bandana rouge que son chat portait autour du cou.

— Et grâce aux Tucker, ajouta Mme Cheddar.

Arsène ouvrit de nouveau un œil. Le voyage à Londres était un cadeau de Mme Tucker, la nourrice des enfants Cheddar. Elle avait souhaité récompenser Arsène pour avoir cessé ses cambriolages, le féliciter d'être entré dans la police et, surtout, d'avoir capturé Jimmy Magpie et sa bande. Quand les pies avaient tenté de dérober le diadème de lady Toffly, Arsène n'avait pas hésité à bondir.

Lucie soupira.

— J'aurais aimé que les Tucker soient là…

Arsène aussi. Le panier de Mme Tucker était toujours rempli de sardines fraîchement pêchées par son mari. Et M. Tucker racontait de formidables histoires de monstres marins. Il avait en plus une fascinante barbe-pull. L'un et l'autre semblaient avoir été tricotés ensemble. De délicieux petits morceaux de poisson s'y cachaient et Arsène les attrapait avec ses griffes quand personne ne le regardait.

— M. et Mme Tucker me manquent également, dit Mme Cheddar. Mais ils déménagent au manoir Toffly ce week-end. Ils ont dit que nous pourrions leur rendre visite dès notre retour.

Arsène ronronna un peu plus fort. Il était très heureux pour les Tucker. Le diadème de lady Toffly (qui d'après celle-ci valait des millions) s'était révélé être un faux. Alors que le collier de rubis de Mme Tucker (qu'elle-même croyait faux) s'était vendu une fortune. Voilà pourquoi ils pouvaient emménager au manoir. Ces horribles snobs de Toffly, eux, avaient acheté une caravane et cherchaient un travail pour la première fois de leur vie.

L'inspecteur Cheddar fronça les sourcils.

— Arsène ! Ce n'est pas parce que tu as mis ces pies malfaisantes sous les verrous qu'il faut baisser la garde ! Dans la police, on doit avoir l'œil ouvert vingt-quatre heures sur vingt-quatre, même en vacances.

« Vingt-quatre heures sur vingt-quatre ! » Arsène n'en croyait pas ses oreilles. « Quand est-ce qu'on dort ? Qu'on mange ? Qu'on regarde la télévision sur le canapé du salon ? » Sans parler des rendez-vous près de la cabine de plage avec Mimi, la jolie chatte birmane. Mimi, elle, méritait vingt-trois heures par jour. Cela ne laissait guère qu'une heure pour être chat policier !

Bien sûr, du temps où il était cambrioleur, cette heure-là, Arsène l'aurait passée à entrer par effraction dans les maisons, à braquer les coffres-forts et à s'emparer des bijoux. Mais il ne le faisait plus depuis que les Cheddar l'avaient accueilli chez eux.

— Autre chose, Arsène… reprit l'inspecteur d'un ton désapprobateur. Un chat policier ne doit pas être malade en public ! Cela fait très mauvais genre.

Arsène ouvrit l'autre œil en soupirant. Il aperçut dans la vitre de la nacelle le reflet de son insigne de police qui brillait, accroché à son bandana rouge. Il en était fier ! Il était heureux d'être un chat policier ! Mais pas vingt-quatre heures sur vingt-quatre. Et surtout pas pendant les vacances.

Malgré tout, Arsène ne voulait pas décevoir l'inspecteur Cheddar. C'est grâce à lui qu'il était entré dans la police. Alors, il bâilla un grand coup, releva la tête et sauta dans les bras de Lucie.

— C'est beaucoup mieux ! se réjouit l'inspecteur.

Puis il se tourna pour admirer la vue.

— Oh ! le palais de Buckingham, le château de la reine ! Oh ! la Tour de Londres ! Et là... Trafalgar Square ! Big Ben !

Les enfants pressaient leur nez contre la vitre.

Arsène se força à les imiter.

Londres était sous ses pattes. Il sentit son poil se hérisser ; il y avait déjà vécu et il n'avait pas oublié. Il reconnaissait les monuments, même à cette hauteur. Ce tour vertigineux en grande roue ramenait un flot de souvenirs qu'il croyait enfouis pour toujours.

C'est à Londres qu'il avait appris à cambrioler.

C'est à Londres que son oreille avait été mutilée.

Et l'animal responsable de tout cela aurait fait passer Jimmy Magpie et sa bande pour d'innocents oisillons tombés du nid. Il s'appelait Spekulos. Ginger Spekulos. Un matou brutal et sans scrupule qui travaillait pour sa maîtresse, Zénia Klob, une criminelle russe experte en déguisement.

Ginger Spekulos ! Soudain en colère, Arsène oublia qu'il détestait l'altitude.

— Regardez comme Arsène va mieux ! s'écria Michael.

— Je préfère ça, dit l'inspecteur Cheddar.

— Bravo, Arsène ! Tu es très courageux, le complimenta Lucie.

Arsène ne les entendait plus. Il ne pensait qu'à Ginger Spekulos. Pouvait-il le flanquer derrière les barreaux, maintenant qu'il était chat policier ? Il en rêvait !

Arsène toucha machinalement son oreille abîmée.

Il avait un compte à régler.

2

Pendant qu'Arsène admirait Londres, trois oiseaux noir et blanc aux reflets bleus sur les ailes et verts sur la queue étaient perchés sur un banc dans une cellule de la Prison de Haute Sécurité pour Oiseaux Délinquants de Sa Majesté. Le premier était gros avec une queue déplumée ; le deuxième, maigre avec une patte tordue ; le troisième, magnifique et un peu à l'écart des deux autres, avait des petits yeux brillants et cruels. Chaque oiseau était retenu au banc par une chaîne et un anneau de métal fixé autour de la patte.

Après un profond soupir, le plus gros se leva et se tourna face au mur.

— Non, Bandit ! Pitié, pas ça ! jacassa le plus maigre.

Il se couvrit aussitôt les oreilles avec les ailes.

— Je suis obligé, Balafre, répondit Bandit. Sinon je m'y perds.

Lentement, très lentement, il griffa le mur de brique humide avec son bec.

SSSSSSCCCCRRRIIIITCH !

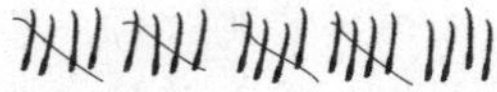

Bandit se rassit, admira son travail et annonça :

— Plus que deux mille cinq cent trente jours, et on sort !

Balafre se découvrit les oreilles.

— Si tu me fais ce coup-là tous les jours des sept prochaines années, Bandit… je jure que je te massacre !

— Il reste seulement six ans et trois cent quarante jours, corrigea Bandit.

— Tu as pensé aux années bissextiles ?

Bandit sembla troublé. Il recompta les griffures et se mit soudain à sangloter.

— Je veux sortir d'iciii… gazouilla-t-il. Je ne peux plus rester enfermé. Je deviens fou !

— Oh, silence ! répondit Balafre lui donnant un coup de patte. C'est à cause de toi qu'on est coincés ici. Si au manoir Toffly tu ne t'étais pas rendu dès qu'Arsène Lagriffe a crié : « Bouh ! », Jimmy et moi, on se serait sauvés !

— Ferme ton bec, Balafre, répliqua Bandit en le frappant dans les côtes avec ce qui lui restait de queue. Tu n'as pas été d'une grande aide. Tu t'es évanoui dès qu'Arsène Lagriffe a surgi.

— Hê-ê-ek hê-ê-ek hê-ê-ek !

— Hê-ê-ek hê-ê-ek hê-ê-ek !

Les deux pies, très en colère, se disputaient.

La troisième les observait d'un air pensif.

— Les gars, les gars… les interrompit calmement Jimmy Magpie. Aucun de vous n'est à blâmer. C'était *ma* faute.

Bandit et Balafre en restèrent le bec grand ouvert.

— Mais rien n'est jamais votre faute, boss ! s'écria Balafre. Vous le dites tout le temps.

— Oui, et c'était la faute de Balafre ! acquiesça Bandit.

— Pas cette fois…

Jimmy secoua la tête.

— J'aurais dû me méfier. Arsène Lagriffe a été plus malin que je ne pensais, surtout quand il a fait équipe avec les *humains*…

Le cri de Jimmy se transforma en couac.

Bandit et Balafre échangèrent un regard inquiet. Il valait mieux éviter d'être près de Jimmy Magpie

quand il parlait des humains. À moins d'avoir envie de prendre un violent coup de bec.

— *Les humains*... répéta Jimmy pour lui-même. Tueurs d'oiseaux, chauffards assassins, massacreurs de pies, *les humains*...

Bandit et Balafre demeuraient muets comme des carpes.

— Hê-ê-ek hê-ê-ek hê-ê-ek !

Jimmy laissa éclater sa rage. Il s'envola aussi haut que le permettait sa chaîne et battit furieusement des ailes.

— Je prendrai ma revanche sur Arsène Lagriffe ! jacassa-t-il. Il va payer pour avoir comploté avec les Cheddar et pour m'avoir fait passer pour une perruche sans cervelle. Je vais lui crever les yeux, lui arracher les moustaches une par une ! Ses poils, je vais m'en tricoter un nid douillet !

— Je ne savais pas que vous vous y connaissiez en tricot, dit Bandit, impressionné. Vous m'apprendrez, boss ?

— Je ne tricote pas, imbécile ! hurla Jimmy. C'est une façon de parler !

Bandit avait l'air vraiment déçu.

— Mais comment vous allez vous y prendre, boss ? interrogea Balafre. Comment allez-vous

vous évader ? Cet endroit est surveillé comme une prison.

— *C'est* une prison, abruti ! cria Jimmy Magpie. Seulement... j'ai des relations à l'extérieur. Certains des gars qui ont pu s'échapper du manoir Toffly se renseignent déjà pour moi.

— Qui ça, boss ?

— Brute, Gozier et Canaille.

Bandit et Balafre claquèrent du bec à l'unisson. Brute, Gozier et Canaille étaient trois de leurs amis. Tous les cinq, ils en avaient passé, des matinées à martyriser les oisillons ! Et combien d'après-midi à larguer des fientes sur le linge étendu dans les jardins ?

— Tu te souviens quand on est tombés sur les petits des rouges-gorges ? gloussa Balafre. Comme ils ont pleurniché quand Brute leur a dit que, s'ils avaient la gorge rouge, c'était parce qu'ils étaient en train de pourrir !

— Aaaaaah... soupira Bandit. C'était le bon temps !

Jimmy se posa sur le banc.

— Apparemment, notre petite aventure au manoir Toffly n'est pas passée inaperçue. Quelqu'un cherche à nous contacter.

— *Quelqu'un ?* demanda Balafre.

— *Un humain ?* dit Bandit en baissant la tête, au cas où.

— Oui ! répondit Jimmy. Mais pas un bourreau d'oiseaux comme tous les autres, un humain qui nous apprécie, nous, les pies. Une femme aurait un travail pour nous.

Ses yeux brillèrent.

— Elle veut que nous l'aidions à voler !

Le visage de Bandit s'illumina.

— À voler quoi ? Quelque chose de *brillant* ?

— Oui, Bandit. Quelque chose de très, très brillant.

— Mais comment allons-nous sortir d'ici ?

— Patience, Balafre, patience…

Jimmy s'affala sur le banc, les ailes pliées derrière la tête.

— Tout est arrangé ! Ça ne sera plus très long. Tout ce que nous avons à faire, c'est attendre. Et, une fois ce travail terminé, on se vengera d'Arsène Lagriffe !

Jimmy Magpie claqua du bec et ferma les yeux.

Crrrrrreee… crrrrrreee…

Le gardien releva la tête. Une vieille dame en imperméable usé se tenait devant son bureau. Elle portait un bonnet et s'appuyait sur un cabas à roulettes.

— Est-ce que je peux vous aider, madame ? demanda-t-il poliment.

— Oui, camarrrade ! dit-elle avec un léger accent. Je suis Mildred Molotov. De l'association rrrusse des Pies Anonymes !

— Des Pies Anonymes ?

— Oui. L'association réinsèrrre les mauvais oiseaux dans la société ! J'ai besoin de trrrois volontaires parmi vos détenus.

Le gardien eut l'air embarrassé. Jamais il n'avait entendu parler des Pies Anonymes, mais il ne travaillait pas depuis longtemps à la Prison de Haute Sécurité pour Oiseaux Délinquants de Sa Majesté.

— Nous avons des cas difficiles, ici madame Molotov, répondit le gardien. Des vicieux, des cruels. Je ne suis pas sûr que vous appréciiez de les rencontrer.

— C'est *mademoiselle* Molotov ! claqua la vieille femme. Pas « madame ». Et ne vous inquiétez pas, je suis habituée aux bandits vicieux et crrruels !

Elle lança au gardien un regard charmant.

— C'est mon travail de tous les jourrrs !

— Vous pensez vraiment pouvoir les changer ?

Le gardien de prison hésitait. Il trouvait toutefois juste de donner une seconde chance à tous les condamnés.

— Bien sûr qu'ils peuvent changer ! s'écria la vieille femme. Donnez-moi cinq minutes avec les trois pires oiseaux que vous ayez et je vous prrromets qu'ils ne vous causerrront plus jamais de problèmes.

— Suivez-moi, alors...

Le gardien tendit la main pour attraper ses clefs.

— Nous allons au bloc M, cellule 13. C'est là que nous gardons le gang du manoir Toffly.

Il ouvrit une porte et ils empruntèrent un long couloir.

— Je vous préviens, mademoiselle, ils sont plus que mauvais !

Crrrrreee... Crrrrreee...

La vieille dame suivait le gardien avec son cabas à roulettes.

— Dépêchez-vous, camarrrade ! lui dit-elle. J'ai des choses importantes à faire !

Le gardien accéléra, la vieille femme en fit autant.

— Plus vite, plus vite, jeune homme !

Crrrrrreee… crrrrrreee… crrrrrreee… crrrrrreee…

À présent, la vieille dame galopait à côté du gardien.

— Nous y sommes ! s'écria celui-ci. Bloc M !

Il reprit son souffle et déverrouilla la porte.

— Hê-ê-ek hê-ê-ek hê-ê-ek !

Le jacassement des pies s'entendait du couloir.

— Merci, camarrrade ! dit la vieille femme. Je me débrouille à partir d'ici. Vous pouvez retourner à votrrre bureau.

Elle retira son bonnet. Ses cheveux étaient retenus par des épingles. Le gardien la vit en retirer une.

— Je ne peux pas vous laisser seule, dit-il. C'est la règle, mademoiselle.

Le visage de la vieille femme se durcit. Le gardien esquissa un sourire.

— Je suis désolé, mais je dois aussi contrôler votre chariot…

— Hê-ê-ek hê-ê-ek hê-ê-ek !

Les pies jacassaient de plus en plus fort.

— Jetez un œil si vous voulez, camarrrade, dit doucement la vieille femme. Mais je veux entrer seule.

Elle lança un regard venimeux au gardien qui se penchait sur son cabas et cria soudain :

— ATTRAPE-LE, SPEKULOS !

— MIAOUUUUUUUUUU !

Un éclair roux jaillit du cabas et le gardien sentit comme des aiguilles le saisir à la gorge. Il tituba et s'écroula.

— Hê-ê-ek hê-ê-ek hê-ê-ek !

Les pies devenaient folles.

Le gardien vit la vieille femme s'approcher de lui avec l'épingle à cheveux. Quelque chose lui piqua le bras et il sombra dans un profond sommeil.

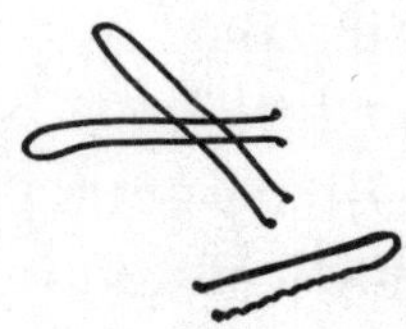

3

Au siège de Scotland Yard, le directeur de la police criminelle était furieux.

— Vous voulez dire qu'elle est entrée dans la prison sans être inquiétée et qu'elle a libéré le gang du manoir Toffly ? Comme ça ?

Il lança un dossier sur son bureau.

— Oui, monsieur le directeur, reconnut son adjoint. Elle a neutralisé le gardien avec un puissant somnifère, probablement administré par piqûre, grâce à une épingle à cheveux. On en a retrouvé une qui est en analyse à la police scientifique.

— Comment va le gardien ?

— Bien, monsieur le directeur, mais il continue de parler de spéculos…

— Hein ?

Le directeur de la criminelle fronça les sourcils.

— Oui, monsieur. De spéculos et de quelque chose de roux qui jaillit d'un chariot à roulettes pour lui sauter à la gorge.

— Je vois…

Le directeur se gratta la tête.

— Une épingle à cheveux… Des *spéculos*…

Il regarda son adjoint, la gorge serrée.

— On dirait que Klob est de retour !

— J'en ai bien peur, monsieur, confirma l'adjoint inquiet.

— Cela veut dire que quelque chose de très grave se prépare !

Le directeur de la police reprit le dossier marqué « TOP SECRET ».

— Qui a capturé le gang du manoir ?

L'adjoint parcourut quelques pages.

— L'inspecteur Ian Cheddar, répondit-il. Et son chat policier hautement entraîné, Arsène Lagriffe. D'après le dossier, c'est un ancien cambrioleur. Euh… je veux dire le chat, pas l'inspecteur !

— Le chat ? s'écria le directeur de la criminelle. Mais ça tombe parfaitement bien ! Vous pensez qu'on peut lui faire confiance ? Au chat, pas à l'inspecteur.

— Je crois, monsieur. L'opération au manoir Toffly a été une grande réussite. C'est le record d'arrestations de criminels en une seule journée de toute l'histoire de la police ! Arsène Lagriffe a capturé lui-même le chef de bande et ses deux principaux complices.

— Hum… impressionnant ! dit le directeur. Que sait-on sur Cheddar ?

— Récemment promu inspecteur à Littleton-sur-Mer… lut l'adjoint dans ses notes. Avant, il était à la circulation… Désire faire un bond dans sa carrière en intégrant Scotland Yard.

— Alors, donnons-lui sa chance ! déclara le directeur.

Il avait pris sa décision.

— Allez me chercher Cheddar et son chat policier, ordonna-t-il. TOUT DE SUITE !

Une heure plus tard, l'inspecteur Cheddar et Arsène étaient assis face au directeur de la police criminelle, dans son bureau de Scotland Yard.

— Désolé de vous arracher à vos vacances, dit le directeur. Quelque chose de terrible vient de se produire et nous avons besoin de votre aide.

L'inspecteur Cheddar n'en croyait pas ses oreilles. Son rêve devenait réalité : Scotland Yard avait besoin de lui ! Aucunes vacances ne pouvaient égaler ça !

L'inspecteur avait envie de courir partout, de sauter sur les meubles et d'attraper par le cou le directeur de la criminelle pour l'embrasser sur les deux joues.

— Je suis à votre entière disposition, monsieur le directeur ! s'exclama-t-il.

Il s'efforçait de contenir sa joie et de ne pas sourire.

— Le gang du manoir Toffly s'est échappé de prison, dit sèchement le directeur.

— Super ! s'écria l'inspecteur.

Le directeur lui adressa un regard sévère.

— Je... veux dire... super grave, monsieur le directeur !

— Grrrrrrrrrr... grogna Arsène.

— Ce n'est pas le pire, continua le directeur. Quelqu'un a aidé les trois pies à s'évader. Une femme prétendant appartenir à une association russe qui s'occupe des détenus, les Pies Anonymes. Elle a obtenu qu'un gardien la mène à leur cellule du bloc M. Là, elle l'a neutralisé avec une épingle à cheveux imprégnée de somnifère. Et elle a libéré les prisonniers !

— Extra ! cria l'inspecteur en se frottant joyeusement les mains.

— Vous allez bien, Cheddar ? gronda le directeur de la police. Vous ne semblez pas prendre tout cela au sérieux !

— Grrrrrrrrrrrrr… grogna encore Arsène.

— Je voulais dire… euh… extraordinairement culotté ! se corrigea l'inspecteur. Les malfaiteurs ne reculent devant rien pour s'échapper.

Le directeur ne pouvait s'empêcher de penser que le chat paraissait plus professionnel que l'inspecteur. Il n'était pas certain d'avoir pris la bonne décision.

— Pour résumer, dit-il, sachez que la femme suspectée est connue de nos services. Nous pensons qu'elle prépare un gros coup ici, à Londres !

Il poussa le dossier vers l'inspecteur.

— Regardez !

Arsène sauta sur le bureau et, d'un coup de patte, ouvrit le dossier. Le directeur de la police l'observa avec attention. Il avait entendu dire que les chats étaient futés, mais celui-ci semblait particulièrement intelligent. Le poil de sa fourrure rayée de brun et de noir se hérissa devant la photographie des trois criminels en fuite.

L'inspecteur se pencha pour examiner un autre cliché.

— C'est elle ? demanda-t-il sans cacher sa déception.

Il avait imaginé la femme qui avait fait évader les pies en reine du crime à l'air diabolique. Rien à voir avec ce qu'il avait sous les yeux : une adorable petite grand-mère en vieil imperméable trop grand pour elle et bonnet de laine !

— Ne le prenez pas mal, monsieur le directeur, mais elle n'a pas exactement le physique de l'ennemi public numéro un !

— Vraiment ? répéta le directeur. Interpol n'est pas de votre avis. Cela fait vingt ans que toutes les polices européennes lancent leurs meilleurs hommes à sa recherche !

L'inspecteur rougit.

— Son vrai nom est Zénia Klob, reprit le directeur. C'est une ancienne espionne russe du KGB, entraînée pendant la guerre froide aux assassinats. Elle a endormi pour de longues années plusieurs agents secrets du MI 6[1].

Le directeur de la police fit une pause. L'inspecteur Cheddar s'agitait de plus en plus.

— Aux assassinats ? Vous êtes sûr ?

— Non, Cheddar, j'invente ! s'agaça le directeur. Maintenant, taisez-vous et écoutez !

— Oui, monsieur…

— Quand notre gouvernement a fait la paix avec les Russes, elle s'est trouvé un autre travail. Elle cambriole !

1. Military Intelligence, section 6 = services secrets du Royaume-Uni. *(N.d.T.)*

Le directeur observa Arsène. Le chat avait sorti ses griffes. D'une patte, il tenait la photographie ; de l'autre, il en déchiquetait les bords. Au moins, *lui* semblait saisir l'extrême gravité de la situation.

— Nous la pensons responsable des plus audacieux vols de ces dernières années. Rien ne l'arrête ! Elle a vidé les plus grandes bijouteries des capitales du monde. Elle a dérobé pour des millions de pierres précieuses.

— Mais comment ? demanda l'inspecteur Cheddar. Elle a l'air si… innocente !

— Zénia Klob est maîtresse dans l'art du déguisement, répondit le directeur de la police. Elle passe de la gitane à la star de cinéma. Elle peut être éboueur, vendeuse en magasin ou vigile. Elle arriverait même à se faire passer pour moi !

L'inspecteur Cheddar dévisagea le directeur.

— C'est vrai que vous lui ressemblez un peu, monsieur… sans vous offenser.

— Si, ça m'offense, idiot ! explosa le directeur. Ce n'était qu'un exemple !

L'inspecteur Cheddar se renfonça dans son siège.

— Bien sûr, monsieur, bien sûr…

— Voilà la situation, Cheddar. Zénia Klob est à Londres. Et elle mijote quelque chose avec les pies. Votre mission est de trouver quoi et de les en empêcher !

— Oui, monsieur !

— Pour le moment, l'enquête n'avance guère, reconnut le directeur. Nous savons que l'épingle à cheveux enduite de somnifère est l'arme de prédilection de Klob. Difficile à détecter, potentiellement mortelle. Son apparence préférée est celle de Mildred Molotov, une vieille dame. Il n'y a plus qu'à espérer qu'elle se manifeste ainsi. Sinon… nos chances de l'arrêter sont presque nulles !

Le directeur de la police criminelle tendit la main vers le dossier, Arsène le poussa vers lui. Il avait encore le poil hérissé.

— Bien sûr, nous ne savons pas où elle attaquera et nous avons alerté tous les services de sécurité des bijouteries londoniennes, expliqua le directeur.

Il tendit un talkie-walkie à l'inspecteur Cheddar.

— Contactez-moi IMMÉDIATEMENT si vous remarquez quoi que ce soit de suspect !

— Oui, monsieur.

— Et rappelez-vous, Cheddar, de ne pas vous laisser berner par son apparence ! Utilisez en cas de besoin toute la force dont vous disposez !

— Oui, monsieur.

L'inspecteur ébaucha quelques petits coups de karaté.

— Encore une chose à savoir, Cheddar, ajouta le directeur. Klob ne travaille pas seule ! Elle a un complice, ce qui m'a incité à faire appel à votre tandem pour cette enquête.

— Comment ça, monsieur ?

— Son complice est un chat, malfaisant aux dires de tous. Personne ne sait à quoi il ressemble ; nous n'avons aucune photo. On connaît seulement son nom.

— Lequel, monsieur ?

— Spekulos. Ginger Spekulos !

Arsène, qui écoutait avec attention le directeur de la police criminelle, poussa alors un terrible miaulement.

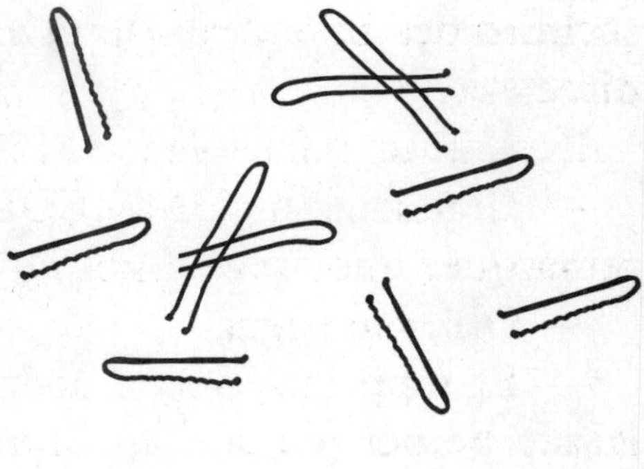

4

De retour à l’hôtel, Arsène se vautra sur un lit. Il avait besoin de réfléchir. Alors, ils étaient toujours à Londres, son ennemi juré, Ginger Spekulos, le chat le plus dangereux du monde, et Klob, la maîtresse de Ginger. Et ils avaient libéré Jimmy Magpie et son gang de la Prison de Haute Sécurité pour Oiseaux Délinquants de Sa Majesté.

Klob, Spekulos et Jimmy Magpie ? Pas étonnant que le directeur de Scotland Yard soit inquiet !

Arsène se souvint de l’époque où il n’était encore qu’un chaton. Le grincement du cabas à roulettes de Klob était l’un de ses plus anciens souvenirs. Jamais il ne l’oublierait, même s’il vivait ses neuf vies. Malgré la mauvaise qualité de la photographie, il avait reconnu Klob tout de suite. Et il n’avait pas besoin de voir un cliché de Spekulos. Sa fourrure rousse était gravée pour toujours dans sa mémoire. Le directeur avait raison : Arsène était le chat de la situation.

L'inspecteur Cheddar surgit soudain dans la chambre, le talkie-walkie à l'oreille.

— Vite ! hurla-t-il. Quelqu'un dit avoir repéré Klob avenue Bond. Elle se dirigerait vers la bijouterie Toffany. Viens, Arsène, il n'y a pas une minute à perdre !

Les pneus du taxi crissèrent quand il pila dans l'avenue Bond. L'inspecteur Cheddar jaillit de la voiture, Arsène sur les talons.

— Vérifions encore le plan, Arsène ! proposa l'inspecteur, essoufflé, tandis qu'ils couraient vers la bijouterie. Je vais dire que je cherche un cadeau pour Mme Cheddar. Toi, tu restes hors de vue. Quand je serai certain qu'il s'agit bien de Klob, j'agiterai ceci. (Il sortit un paquet de spéculos de sa poche.) À ce signal, tu t'occupes du chat ; moi, je m'occupe de la femme ! Si les pies arrivent, on s'arrange pour les coincer dans la porte à tambour du magasin.

Arsène ne trouvait pas le plan très subtil, mais il n'avait pas le temps d'en élaborer un autre.

L'inspecteur Cheddar avait déjà disparu à l'intérieur de la bijouterie. Arsène galopa derrière lui et passa juste à temps la porte à tambour qui tournait à vive allure, lui coinçant presque la queue. Par chance, le portier ne le remarqua pas. Il put se faufiler derrière une grande plante en pot.

Arsène observa à travers le feuillage. Il ne distinguait rien, hormis les pieds de quelques clients. Il grimpa donc sur le tronc et s'installa au sommet de la plante. Il poussa lentement une branche pour avoir une meilleure vue.

Le magasin Toffany était chic. On y diffusait une musique douce et la décoration était luxueuse ; de précieux bijoux scintillaient dans les vitrines en verre blindé. Exactement l'endroit où Klob et Spekulos pouvaient frapper.

Arsène tendit l'oreille. Il cherchait à percevoir le grincement du cabas à roulettes de Klob, or il n'entendit que la musique.

L'inspecteur Cheddar s'était approché d'un comptoir au milieu de la salle.

— Miaou, fit Arsène pour attirer son attention.

Aucune réaction.

— C'est notre anniversaire de mariage, dit l'inspecteur à la vendeuse. Je souhaite offrir à mon épouse votre plus belle bague !

— Que pensez-vous de celle-ci, monsieur ?

La vendeuse déverrouilla les vitres et glissa sa main à l'intérieur. Elle plaça la bague sur un plateau de velours noir et posa le plateau sur le comptoir.

— C'est ravissant ! dit l'inspecteur Cheddar. Quel est son prix ?

— Cinquante mille livres, monsieur, dit la vendeuse.

— Votre femme est vraiment chanceuse ! dit une voix dans le dos de l'inspecteur.

Il tourna la tête. À quelques pas, une femme âgée avec un bonnet et un long imperméable essayait une montre. Elle sourit à l'inspecteur Cheddar.

Arsène se figea. Elle avait une fourrure orange vif autour du cou ! « Oh ! non… » Arsène comprit soudain que l'inspecteur ne savait pas tout ce qu'il savait, *lui*, sur Ginger Spekulos ! Quand Zénia Klob cambriolait, elle le transportait toujours dans son cabas. Jamais autour du cou ! Sa gorge se serra. Il avait le pressentiment que l'inspecteur Cheddar allait commettre une terrible erreur.

— Miaou ! miaou ! miaou ! MIAOU !

L'inspecteur Cheddar se dirigea vers la vieille dame.

Il sortit le paquet de biscuits de sa poche et l'agita.

Le signal ! Arsène se tortilla sur la plante.

— Ce doit être un anniversaire très spécial, dit la vieille femme.

— Ça l'est !

L'inspecteur Cheddar cherchait Arsène du regard.

— Moi, j'ai été mariée pendant soixante-dix ans jusqu'à ce que mon pauvre mari décède, ajouta la vieille dame.

Elle sortit un mouchoir et se moucha bruyamment.

L'inspecteur Cheddar secoua encore les biscuits et Arsène continua de l'ignorer.

— Très bien, je vais le faire moi-même, marmonna l'inspecteur Cheddar.

Il se dressa devant la vieille femme.

— FERME-LA, KLOB ! hurla-t-il.

Le silence tomba sur la bijouterie Toffany.

— Je vous demande pardon ?

La vieille dame était stupéfaite.

— J'ai dit la ferme, Klob, Molotov, ou quel que soit ton nom ! Tu crois que tu peux me tromper si facilement avec ton déguisement ridicule ? Et retire ce chat de ton cou !

Arsène était pétrifié de honte.

— Mais c'est ma fourrure de renard ! hoqueta la vieille dame en la serrant très fort.

— Bien sûr ! Et moi, je suis Lady Gaga !

L'inspecteur Cheddar arracha le renard et le coinça sous son bras.

— Arsène ! cria-t-il. J'ai eu Spekulos !

Arsène se recroquevillait dans la plante. Les autres clients regardaient la scène, ébahis.

— Très bien, grinça l'inspecteur Cheddar. Si tu ne veux pas m'aider, Arsène Lagriffe, je m'en occupe tout seul !

Il prit la fourrure par la queue et la fourra dans la vitrine de bijoux ouverte.

— Verrouillez tout ! dit-il à la vendeuse terrorisée. C'est un dangereux criminel !

La vendeuse obéit aussitôt.

— À ton tour, Klob !

L'inspecteur Cheddar se préparait à plaquer la vieille dame.

— Vous êtes fou ! gémit-elle. Au secours ! Que quelqu'un appelle la police !

L'un des clients composa immédiatement le numéro sur son portable.

— Bien essayé, Klob ! (L'inspecteur Cheddar bondit et jeta la vieille dame au sol.) La police, c'est moi ! Et le directeur de Scotland Yard lui-même m'a dit de ne pas prendre le moindre risque avec toi !

Il l'immobilisa avec une clef de bras.

— Mais j'ai quatre-vingt-deux ans…

— N'essaie pas de me faire pleurer, aboya l'inspecteur. Garde tes bobards pour les autres !

Il s'agenouilla sur le dos de la vieille dame et sortit ses menottes.

— Assassin du KGB un jour, assassin du KGB toujours !

— Je ne suis pas un assassin du KGB, pleurnicha la vieille dame. J'ai cinq petits-enfants, et j'étais infirmière !

— Tu mentiras devant le juge ! grogna l'inspecteur.

À l'extérieur, on entendait déjà le cri strident des sirènes de police. Le directeur de la criminelle déboula soudain dans la bijouterie.

L'inspecteur Cheddar releva la tête.

— Je l'ai eue, monsieur ! dit-il, tout essoufflé. Et vous aviez raison, c'est l'une des criminelles les plus effrayantes que j'aie rencontrées ! Qu'elle est laide ! Une bouille à faire exploser les miroirs !

— CHEDDAR !

Le visage du directeur était devenu violet.

— CHEDDAR ! LÂCHEZ IMMÉDIATEMENT MA MÈRE !

— Votre… votre…

L'inspecteur Cheddar baissa les yeux ; il regarda la vieille dame, puis le directeur, puis la vieille dame. Ils avaient les mêmes sourcils ébouriffés et presque la même moustache.

— Oups, dit l'inspecteur.

Arsène se couvrit la tête.

— Je vous retire l'affaire, Cheddar ! tonna le directeur. Je vais recommander à votre supérieur de vous renvoyer à la circulation ! Suivez-moi, mère…

La vieille dame boitilla jusqu'à la sortie. Les sirènes s'étaient tues. Arsène était sur le point de sauter de la plante en pot, il voulait filer avant que l'inspecteur Cheddar ne le remarque. Or il entendit un bruit familier.

Crrrrrreee… Crrrrrreee…

Son oreille intacte se dressa.

L'abîmée aussi.

Une femme âgée en bonnet de laine et long imperméable poussait un cabas à roulettes. Elle se fraya un chemin dans le magasin et s'approcha du comptoir central. Les yeux verts d'Arsène s'agrandirent d'un coup. « Zénia Klob *alias* Mildred Molotov ! » Cette fois, c'était vraiment elle ! Et elle fixait la bague toujours exposée sur le plateau de velours noir. Dans l'agitation, la vendeuse avait oublié de la remettre en lieu sûr.

Zénia Klob jeta un coup d'œil autour d'elle, tendit la main vers le plateau.

Arsène vit alors passer un éclair roux. « Spekulos ! » Le chat policier fut plus rapide qu'il ne l'avait jamais été auparavant. En une fraction de seconde, il bondit sur la vitrine et coinça la bague entre ses crocs.

Un instant, les chats se regardèrent.

— Lagriffe ! siffla Ginger.

— Spekulos ! siffla Arsène.

En fait, il siffla plutôt « Speechulos ! » pour ne pas lâcher la bague.

La vendeuse vit tout à coup Arsène et se mit à crier :

— Au voleur ! Il a pris la bague !

Ginger Spekulos disparut dans le cabas.

Crrrrrreee… Crrrrrreee…

Zénia Klob passa tranquillement la porte à tambour.

Arsène regardait autour de lui, impuissant. Dans le magasin, tout le monde avait les yeux braqués sur lui.

L'oreille abîmée d'Arsène retomba. « Maintenant, ça va être ma fête ! »

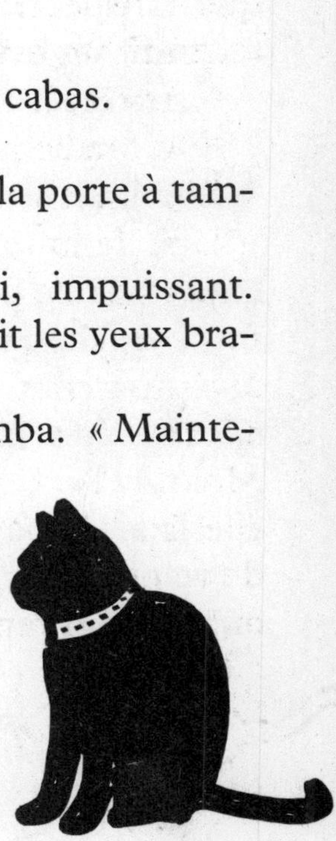

5

— Je m'attendais à tout sauf à ça !

Sur la Tamise, Zénia Klob était assise dans la cabine principale de sa péniche. Éclairée à la bougie, elle grignotait des aubergines grillées.

— Jamais je n'aurrrais imaginé revoir Arrrsène, dit-elle. Et toi, Spekulos ?

Près d'elle, Ginger Spekulos trempait des épingles à cheveux dans une grande bouteille verte sur laquelle était indiqué « Somnifère ».

Il siffla avec colère.

— Toi non plus, devina Zénia Klob. C'est bien ce que je pensais.

Pour l'apaiser, elle caressa son chat en se gardant bien de toucher son collier à clous ; il avait l'habitude de les tremper aussi dans la potion quand il se croyait seul. Zénia Klob sourit. Son Spekulos était vraiment une brute sans cœur.

Puis elle soupira.

— Quel dommage que tu aies essayé de tuer Arrrsène la derrrnière fois que nous étions à Londres… Tous les trrrois, nous faisions une si bonne équipe !

— RRR RRR RRR… grogna Spekulos.

Il balança les épingles et s'allongea sur le canapé. Lançant à sa maîtresse un regard mauvais, il leva la patte et sortit une à une ses griffes acérées, TCHIC, TCHIC, TCHIC, TCHIC. Elles étincelaient à la lumière de la bougie.

— Ne sois pas jaloux ! dit-elle en prenant un livre.

TCHAC ! D'un coup de patte, Ginger Spekulos le trancha de part en part. Les feuilles s'éparpillèrent sur le sol.

— Allons ! s'écria Klob. Arrrsène n'est pas venu pour s'en prrrendre à nous. Il n'a pas les trrripes pour ça !

Elle tendit la main pour caresser à nouveau Spekulos.

— Il n'est pas sans pitié, comme toi ou moi. Quoique… ajouta-t-elle pensivement. J'ai été imprrressionnée par sa rrréaction aujourd'hui à la bijouterrrie. Je me demande où il est allé. Je pense qu'il a courrru tout drrroit.

— RRR RRR RRR…

Ginger Spekulos griffa un coussin. En dispersant le rembourrage.

Zénia Klob soupira. Spekulos était vraiment de mauvaise humeur.

— Spekulos, je sais que tu es déçu pour la bague en diamant, dit-elle sévèrement. Moi aussi. Mais tu dois apprrrendre à te contrrrôler.

Elle fouilla les poches de son imperméable et en sortit un rat mort.

Il y en avait une réserve importante sur la rive boueuse près de la péniche. Du moins, avant l'arrivée de Spekulos. Ce rat était le dernier, elle l'avait conservé pour une urgence.

— Rrregarde le bon côté des choses. La police crrroit que nous allons attaquer les grrrandes bijouterrries. C'est pour ça que ce flic sans cervelle, cet inspecteurrr Cheddarrr, était chez Toffany aujourd'hui. Ils n'ont aucune idée de ce que nous visons vrrraiment. Attrrrape !

Elle lança le rat.

Spekulos banda ses muscles, bondit et le harponna au vol. CRUNCH ! D'un coup de crocs, il l'engloutit, le pelage avec. Il ne recracha sur la table que l'estomac du rat. Boudant toujours, Spekulos se lécha les babines puis se glissa sans bruit à côté de Zénia.

— Voilà, c'est mieux, dit-elle en lui caressant la queue. Maintenant, oublie Arrrsène ! Il est temps pour toi de rrrévéler notre plan aux pies. Moi, je vais chercher de la teinturrre pour leurrrs plumes. Il faut que leurrr déguisement soit parrrfait.

Elle ouvrit la porte de la péniche.

— Attention ! Spekulos, dit-elle en sortant. Ne dévorrre pas les pies ! (Elle sourit.) Pas maintenant.

Sa maîtresse partie, Ginger Spekulos sauta du canapé et trottina à l'arrière de la péniche. Il tira un rideau ; les pies étaient cachées dans une petite cabine. Spekulos les observa de ses yeux bleu pâle. Cinq d'entre elles dormaient, le chef faisait une réussite avec un vieux paquet de cartes.

« Il a l'air intelligent. Pour un oiseau… »

— Réveille tes copains ! ordonna Spekulos. Zénia veut que je vous explique le plan.

— D'accord ! répondit le chef des pies en jetant l'as de pique.

Jimmy Magpie fit le tour de la cabine en distribuant les coups de bec. La plus grosse des pies ne se réveillant pas, Jimmy lui donna en plus un grand coup de patte.

— Hê-ê-ek hê-ê-ek hê-ê-ek ! protesta l'oiseau.

— Debout, Bandit, ou je laisse le chat t'arracher les plumes et te rôtir à la bougie, dit méchamment Jimmy.

Ginger Spekulos sentit grandir son respect pour Jimmy. Il n'était pas seulement intelligent, il était mauvais.

— Oh, non ! Pas le chat roux, Jimmy ! cria Bandit. Il est horrible, pire qu'Arsène Lagriffe ! AAAAAAAH !

Ginger Spekulos avait bondi.

— Dis-moi tout ce que tu sais sur Arsène Lagriffe… ordonna-t-il à Bandit.

— Dites-lui, vous, boss, gargouilla Bandit. Je ne peux pas parler, il me tient à la gorge !

— Arsène Lagriffe nous a doublés, expliqua Jimmy. Il était à Monte-Carlo quand on l'a engagé pour voler des bricoles à Littleton-sur-Mer. Pourquoi tu veux tout savoir ? C'est un ami à toi ?

— AAAAAAAAAH ! hurlait toujours Bandit.

Ginger Spekulos resserra ses griffes autour de son cou.

— Non, ce n'est pas un ami, grogna-t-il. Continue…

— Arsène Lagriffe s'est entiché de la famille d'un flic de chez nous, reprit Jimmy. À partir de

ce jour-là, il n'a plus voulu cambrioler. Pire, il a voulu tout rendre !

Jimmy frissonna de dégoût.

— Et il nous a capturés alors qu'on volait le diadème des Toffly. C'est comme ça qu'on a fini en taule. Merci, Arsène Lagriffe !

— C'est ce que j'ai entendu dire, commenta Ginger Spekulos.

Il se gratta l'oreille et s'assit.

— Mais alors, pourquoi a-t-il essayé de voler une bague en diamant aujourd'hui chez Toffany ?

— Tu es sûr qu'il était en train de la voler ? s'étonna Jimmy.

— Pratiquement sûr, grogna Spekulos. Le flic aussi. Il l'a pincé dès que nous sommes sortis.

— Tu veux dire qu'Arsène Lagriffe s'est remis aux cambriolages ? demanda Gozier.

— Incroyable ! hoqueta Balafre. Quel escroc !

Jimmy Magpie scruta Ginger Spekulos.

— Qui est Arsène Lagriffe, pour toi ?

— Je lui ai appris tout ce qu'il sait, siffla Spekulos. Excepté l'essentiel.

— C'est-à-dire ? demanda Jimmy.

— *Tuer !*

— Aaaaaaaah…

Bandit battait des ailes de plus en plus faiblement.

— On cambriolait un soir à Kensington… commença Ginger Spekulos.

Il se souvenait de tout. La maison de luxe, l'énorme butin…

— Ils avaient un perroquet en cage. J'ai dit à Arsène Lagriffe de l'achever, il n'a pas voulu. Le perroquet braillait, il a réveillé tout le quartier.

Sa fourrure se hérissa.

— Arsène Lagriffe a failli nous faire prendre !

— Et c'est là qu'il a laissé un bout d'oreille… devina Jimmy.

Ginger Spekulos eut un sourire mauvais.

— Ouais ! Entre mes crocs.

Bandit eut un dernier sursaut et Spekulos rétracta ses griffes.

— Est-ce qu'il est mort ? demanda Brute.

Bandit ne bougeait plus.

— Ça m'en a tout l'air ! s'écria Gozier.

Il sauta sur le ventre de Bandit et s'amusa à rebondir.

— Hé ! Laisse-moi essayer ! dit Canaille en s'élançant aussitôt.

Ginger Spekulos les dégagea d'un coup de patte.

— Il n'a pas intérêt à être mort, gronda-t-il. On a besoin de vous six. Vivants !

Il désigna Balafre.

— Toi ! Va chercher les vers !

Balafre tira un sac en plastique de sous un coussin.

— Vide-le !

Gozier, Canaille et Brute s'envolèrent pour rejoindre Balafre. Ils l'aidèrent à déverser le contenu du sac sur le corps de Bandit, bientôt couvert d'une masse grouillante.

On entendit un faible soupir, un grognement, puis un répugnant bruit de succion. Bandit s'assit soudain. Les yeux fermés, il semblait en extase.

— Je suis mort… murmura-t-il. C'est le paradis des vers !

— Non, t'es pas mort, crétin ! dit Jimmy en lui donnant une claque.

Il se tourna vers Spekulos.

— Alors ? Quel est le plan ?

Têtes penchées, les pies fixèrent Ginger Spekulos de leurs yeux perçants.

— On va monter le coup du siècle ! s'écria Spekulos. Du jamais-vu ! On va entrer dans l'histoire et ridiculiser tous les flics de ce pays. Zénia vise le plus gros trésor du monde !

— Les joyaux de la Couronne, devina Jimmy.

Spekulos hocha la tête.

— On va tout rafler.

— HÊ-Ê-EK HÊ-Ê-EK HÊ-Ê-EK !

Les pies jacassaient toutes en même temps ; Jimmy les fit taire d'un regard.

— Six pies, toi et Klob ? Ce n'est pas un peu court pour le coup du siècle ?

— Pas quand on est infiltrés dans la place, répondit Ginger Spekulos. Et c'est là que vous entrez en jeu. Écoutez-moi attentivement, je vais vous expliquer ce que vous avez à faire…

6

Le lendemain matin, la famille Cheddar prenait un copieux petit déjeuner à l'hôtel. Un serveur avait installé pour Arsène une chaise haute avec plateau afin qu'il atteigne plus facilement sa nourriture. Il se régalait de gros morceaux de viande provenant d'un des sachets en aluminium qu'il adorait. Certes, la chaise haute faisait un peu enfant en bas âge, mais Arsène s'en moquait. Il préférait de beaucoup être à table avec les Cheddar plutôt que manger dans une écuelle au ras du sol. Il espérait d'ailleurs qu'ils lui achèteraient une chaise à Littleton-sur-Mer.

— Il essayait de voler la bague, je vous dis !

L'inspecteur Cheddar pointa sa fourchette vers la chaise haute.

L'oreille intacte d'Arsène s'affaissa. Il ne parvenait pas à faire comprendre à l'inspecteur qu'il n'avait pas voulu *voler* la bague, mais plutôt la *protéger* de Zénia Klob et de Ginger Spekulos.

— Ne dis pas de bêtises ! rétorqua Mme Cheddar.

— Arsène n'est plus un cambrioleur, grogna Lucie.

— C'est un chat policier ! déclara son frère.

— Plus maintenant, répondit l'inspecteur Cheddar. Je lui retire son insigne !

Il se pencha sur la table, décrocha l'insigne du bandana d'Arsène et le rangea dans sa poche.

L'oreille abîmée d'Arsène s'affaissa à son tour.

— Papa, c'est horrible de faire ça ! protesta Michael.

— Comment peux-tu être aussi méchant ? s'écria Lucie.

— Pauvre Arsène, ajouta Mme Cheddar. Il est bouleversé. Regarde ! Tu es content ? Tu lui as coupé l'appétit !

Arsène fixait tristement les morceaux de viande en gelée.

— Il a besoin qu'on lui remonte le moral, ajouta Lucie.

— *Il* a besoin ? s'offusqua l'inspecteur Cheddar. Et moi, alors ? Je vais être coincé à la circulation pour le restant de ma carrière.

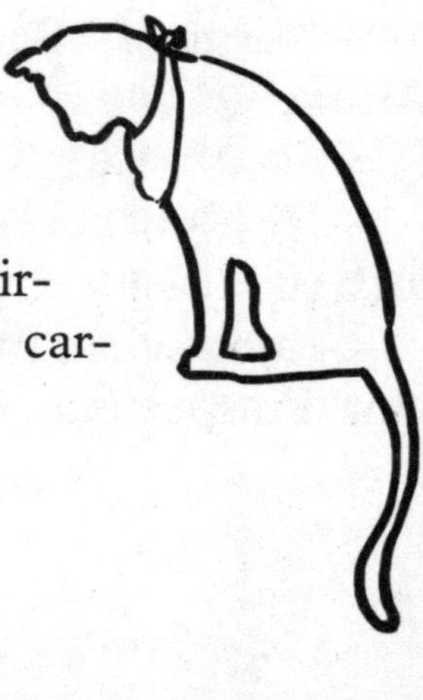

— Ce n'est pas la faute d'Arsène, dit Michael. Il n'a pas sauté sur la mère du directeur de la police criminelle, lui.

— Je ne savais pas que c'était sa mère ! cria l'inspecteur. Je l'ai prise pour Zénia Klob.

— Arsène devait avoir compris que ce n'était pas elle, suggéra Mme Cheddar. Cela expliquerait qu'il n'ait pas attaqué la fourrure de renard.

— Il n'a pas attaqué la fourrure parce qu'il était trop occupé à voler la bague ! rétorqua l'inspecteur.

Mme Cheddar regarda Arsène dans les yeux.

— Tu savais que ce n'était pas Zénia Klob, n'est-ce pas, Arsène ?

Arsène sentit l'appétit revenir. Au moins, quelqu'un le comprenait.

— Écoute, maman, il ronronne ! s'exclama Michael. Tu as sûrement raison !

Mme Cheddar déposa un morceau de bacon croustillant dans l'assiette d'Arsène.

— Alors, réfléchissons, dit-elle. Comment Arsène pouvait-il savoir que ce n'était pas Zénia Klob ?

— Il a pu la reconnaître grâce à la photo que lui a montrée le directeur, proposa Michael.

— Non, c'était une très mauvaise photo, intervint l'inspecteur Cheddar. Cela aurait pu être n'importe quelle vieille bonne femme. C'était le portrait craché de sa mère, je vous dis.

— Alors, ça n'a rien à voir avec la photo…

Mme Cheddar soupira et servit à Arsène un morceau de saucisse.

— Il a peut-être déjà rencontré Zénia Klob, suggéra Lucie.

Les oreilles d'Arsène se dressèrent d'un coup.

— Peut-être qu'il la connaît même très bien, ajouta Michael.

Les moustaches d'Arsène frémirent.

Les enfants se regardèrent, surexcités. Ils étaient en train de penser à la même chose.

Zénia Klob était un cambrioleur, Arsène en était un naguère…

— Peut-être qu'il a déjà travaillé pour elle ! s'écrièrent-ils en même temps.

Arsène ronronna comme un tracteur. « Bingo ! »

— N'importe quoi !

L'inspecteur Cheddar s'essuya la bouche.

— Zénia Klob est une criminelle mondialement célèbre. Arsène n'est qu'un matou rondelet qui a piqué quelques bijoux dans une petite ville de province. Jamais elle n'aurait voulu travailler avec lui !

— Mais, papa… protestèrent les enfants.

Mme Cheddar leur fit signe de se taire.

— Nous reparlerons de tout cela plus tard, dit-elle avec un clin d'œil à Arsène.

Elle était d'accord avec les enfants ! Arsène ronronna bruyamment.

L'inspecteur Cheddar se leva.

— Qu'allons-nous visiter aujourd'hui ?

— La Tour de Londres, répondit Mme Cheddar. Viens, Arsène. (Elle retira le plateau et le prit dans ses bras.) Allons admirer les joyaux de la Couronne !

Arsène avait entendu parler des joyaux de la Couronne, mais il ne les avait jamais vus. Dans les bras de Michael, il fut très excité pendant tout le trajet en métro. Lorsqu'ils sortirent de la station, il fut ébloui. La majestueuse Tour de Londres se dressait devant eux. Elle était gigantesque ! Des douves couraient tout autour et elle était protégée par une enceinte. L'immense bâtisse et ses hautes tourelles s'élevaient dans le ciel.

— Je vois les meurtrières ! s'écria Michael.

Mme Cheddar consulta son guide.

— Au centre, il y a la Tour Blanche, dit-elle. Mon guide raconte qu'on y torturait les prisonniers !

Michael posa Arsène.

— Dépêchons-nous d'entrer, s'écria-t-il. J'ai hâte d'entendre des histoires de fantômes !

La famille Cheddar contourna les douves pour acheter des tickets. Juste derrière la billetterie, Arsène remarqua une rangée de magasins.

Il renifla et sentit la délicieuse odeur des *fish and chips*. Arsène sourit en espérant qu'ils iraient plus tard déguster ces délicieux morceaux de poisson frit.

— Allons-y !

Mme Cheddar ouvrit la voie. Deux gardes dans un étrange uniforme, veste rouge et or jusqu'aux genoux et chapeau assorti, se tenaient devant le pont-levis. Lucie s'arrêta pour les observer.

— Qui sont-ils ?

— Les hallebardiers de la Tour de Londres, répondit Michael. Tu vois leurs lances ? C'est ça, une hallebarde ! Au bout, il y a une pointe, un crochet et un fer de hache ! On a étudié ça à l'école. Pendant des siècles, ils ont gardé les prisonniers.

— Aujourd'hui, ils renseignent les visiteurs et protègent les joyaux de la Couronne, lut Mme Cheddar dans son guide. Ce sont tous d'anciens militaires.

L'inspecteur Cheddar jeta un regard sévère à Arsène.

— Alors ne pense pas t'en tirer si tu voles quoi que ce soit, marmonna-t-il.

— Que voulez-vous voir en premier ? demanda Mme Cheddar. Les corbeaux ou les joyaux ?

« Les corbeaux ? » Arsène sursauta. Et Lucie aussi.

— Des corbeaux ? répéta-t-elle. Pourquoi est-ce qu'il y a des corbeaux dans la Tour de Londres ?

L'un des hallebardiers fit un pas vers elle.

— La légende raconte, expliqua-t-il, que le jour où les corbeaux quitteront ces lieux, la Tour Blanche s'effondrera. Et si la Tour Blanche s'effondre, la monarchie tombera avec elle.

— Quoi ? Vous voulez dire que nous n'aurons plus de reine ? hoqueta Michael.

— Exactement !

Le hallebardier fixait Arsène.

— Quel tas d'âneries ! s'esclaffa l'inspecteur Cheddar.

Le hallebardier lui lança un regard furieux.

— Ce n'est pas l'avis de Sa Majesté. C'est pourquoi nous gardons les corbeaux sous la surveillance de son Maître des Corbeaux. Vous le rencontrerez peut-être, il s'appelle Ron.

— Est-ce qu'on peut les voir ? demanda Lucie.

— *Vous* pouvez, répondit le hallebardier en fixant toujours Arsène. Mais je préférerais que vous n'emmeniez pas votre chat. Pour des raisons évidentes !

— Arsène ne les mangera pas, dit Michael. Il vient de prendre son petit déjeuner.

— Hum…

Le hallebardier n’avait pas l’air convaincu.

— Bon… d’accord, mais veillez à ce qu’il reste loin de nos oiseaux. Vous ne voudriez pas qu’il soit exécuté pour haute trahison ?

Arsène se raidit. L’idée ne le tentait pas.

7

Les Cheddar passèrent le pont-levis et, après la herse, ils empruntèrent une rue pavée.

— Dans l'ancien temps, les boutiques étaient regroupées là, poursuivit Mme Cheddar, son guide sous les yeux. Les commerçants utilisaient le fleuve pour s'approvisionner en marchandises.

Sur leur droite, il y avait une lourde porte en métal. L'inspecteur Cheddar jeta un œil à travers une petite grille.

— Venez voir, les enfants, dit-il. La Tamise coule en bas. Il y a un escalier pour descendre.

— Oh ! c'est super ! s'exclama Michael sur la pointe des pieds. Tu veux regarder, Arsène ?

Arsène se sentit soulevé et plaqué contre la grille. Quelques marches humides menaient à la rive boueuse. Une vieille péniche était amarrée. Elle semblait habitée quoique très mal entretenue.

Des rideaux crasseux empêchaient de voir à l'intérieur et, sur le pont, toutes les plantes étaient desséchées.

Arsène frissonna. Il aurait détesté habiter un tel endroit ; ça devait grouiller de rats. Arsène miaula pour que Michael le repose à terre.

— Je pense que les corbeaux sont par là, dit Mme Cheddar en tournant sur sa gauche.

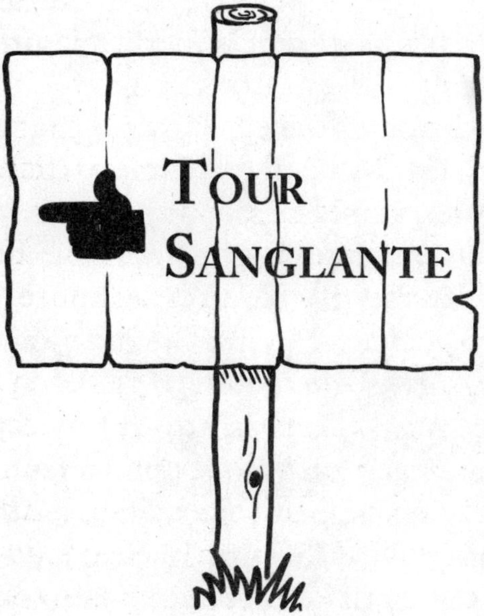

Ils passèrent sous une arche, Arsène traînait un peu. Les hauts murs et la foule des visiteurs l'oppressaient. Il remarqua un panneau qui indiquait un escalier.

Arsène sursauta. Quel horrible nom : « Tour Sanglante » ! Il en avait déjà la chair de poule.

— Arsène ! Dépêche-toi ! s'écria Michael.

Ce dernier pressa le pas pour rattraper les enfants. Il n'avait guère envie de rester seul derrière.

— Ah ! les voilà ! dit tout à coup Mme Cheddar.

Les gros oiseaux prenaient le soleil dans un enclos grillagé sur la pelouse au pied de la Tour Blanche. Près de l'enclos se trouvait une cabane en bois.

— Pour les approcher, il va falloir faire un grand tour, dit Mme Cheddar en examinant le plan du guide. Suivez-moi.

Arsène se précipita à sa suite. Il se demandait combien de temps il faudrait attendre avant de déjeuner.

— Voici la Tour Verte, dit en passant Mme Cheddar. C'est là qu'on décapitait les condamnés ! Regardez, on voit déjà la Tour Blanche.

Elle leur fit ensuite traverser une grande cour.

— On arrive à la Maison des Joyaux ! s'écria-t-elle. C'est le musée où sont exposés tous les trésors de la Couronne !

Arsène sentit que la tête lui tournait. Normalement, il n'avait aucun mal à trouver son chemin, mais se repérer dans la Tour de Londres semblait très compliqué.

— Ah ! dit Mme Cheddar. Il y a même un restaurant.

Arsène miaula et regarda l'entrée du restaurant avec insistance. Est-ce qu'on n'avait pas le temps d'aller déguster une petite sardine ?

— Les corbeaux ! Nous y sommes ! s'écria Mme Cheddar en le dépassant sur la pelouse.

— Dépêche-toi, Arsène, s'agaça M. Cheddar.

Arsène décida qu'il détestait le tourisme.

Ils se retrouvèrent devant l'enclos des corbeaux.

— Ils sont affreux, chuchota Lucie. Et celui-là a l'air particulièrement grognon !

— Croaaaa ! répondit le corbeau.

— On dirait des pies en plus gros, dit Michael avec une grimace.

— Parce qu'ils sont de la même famille, les corvidés !

C'était un grand hallebardier au nez rose qui sortait de la cabane. Il tenait une tasse de thé avec son prénom peint dessus : Ron.

— Les corvidés comptent une cinquantaine d'espèces, expliqua-t-il, dont les corbeaux, les geais, les corneilles, les choucas et les pies.

Arsène montra les crocs. Il détestait les pies, et les corbeaux n'étaient pas plus sympathiques.

— Ils sont très intelligents, ajouta le Maître des Corbeaux. C'est peut-être l'espèce la plus intelligente au monde, à part l'homme, évidemment.

— Et les chats ! grogna Arsène, même si personne ne pouvait le comprendre.

— Les pies sont intelligentes aussi, dit Lucie.

— C'est nous qui avons capturé la bande du manoir Toffly, ajouta fièrement Michael.

— Ah, c'est vous ? s'exclama Ron. Je pensais bien avoir reconnu votre chat. J'ai lu plusieurs articles sur l'arrestation, dans le journal.

Il pouffa en faisant un geste vers les corbeaux.

— J'en ai même parlé à mes oiseaux ! Je crois que ça leur a plu. Ils se sont mis à sautiller partout en piaillant. Je ne pense pas qu'ils aiment beaucoup les pies.

« Là-dessus, nous sommes d'accord ! », pensa Arsène.

— Voulez-vous assister à leur repas ? proposa le Maître des Corbeaux.

Il entra dans la cabane et revint avec un grand seau qu'il tendit sous le nez des Cheddar.

— Beurk ! s'écria Lucie.

— Viande hachée et biscuits pour oiseaux trempés dans le sang, dit gaiement Ron. Chacun engloutit deux cents grammes par jour ! Et, une fois par semaine, ils ont droit à un œuf et un lapin.

Les corbeaux raffolent des lapins. Ils adorent déchiqueter leur fourrure.

— C'est répugnant ! s'exclama l'inspecteur Cheddar.

Ron haussa les épaules.

— Parce que vous n'êtes pas un corbeau.

Lucie compta les oiseaux dans l'enclos.

— Pourquoi il n'y en a que six ?

— Six est le nombre magique de la légende, répondit le Maître des Corbeaux. Il n'en faut pas moins, ou la monarchie tombera. Normalement, on en a quelques-uns en plus par sécurité, mais la vétérinaire est venue les prendre pour les vacciner contre la grippe aviaire. Demain matin, elle les rapportera et en prendra d'autres, de sorte qu'il nous en reste toujours six.

— Vous ne les laissez jamais en liberté ? demanda Michael.

— Si, souvent, répondit Ron. Ils ne peuvent pas voler bien loin, ils ont les ailes coupées. Pour le moment, ils sont confinés afin que la vétérinaire puisse les attraper.

— Vous croyez vraiment à la légende ? demanda Mme Cheddar.

— Bien sûr ! s'écria Ron. Je suis le Maître des Corbeaux de Sa Majesté et mon travail est le plus important de tout le pays ! Surtout tant que les autres corbeaux ne sont pas revenus. Si un seul de mes six oiseaux venait à disparaître, ce serait la fin de la monarchie !

— Un garde à l'entrée avait peur qu'Arsène essaie d'attraper vos corbeaux, dit Lucie.

Arsène avala sa salive. « Bouffer ça ? Non merci ! »

— Ça ne m'inquiète pas, glousse Ron. Aucun risque que votre Arsène les mange ! Ce sont des oiseaux sanguinaires. Ils feraient un bon dîner de votre chat, et non le contraire. Ils le prendraient pour un gros lapin bien juteux !

Arsène recula. Il n'aimait pas la façon dont le regardait le Maître des Corbeaux.

— Kraa !... kraa !... kraa !...

Pas plus celle des corbeaux.

— En parlant de nourriture, c'est l'heure de ma pause ! dit Ron.

Il ouvrit la porte de la cabane et fit un pas à l'intérieur.

— Revenez plus tard, les enfants ! Je vous raconterai des histoires de fantômes.

— Ça n'existe pas, les fantômes ! protesta l'inspecteur Cheddar.

Ron souleva un sourcil.

— Vous pourriez bien changer d'avis si vous vous retrouviez seul ici la nuit...

Il referma la porte.

Arsène et la famille Cheddar traversèrent la pelouse en direction du café-restaurant.

Arsène était épuisé. Il n'avait plus qu'une envie, rentrer à l'hôtel et s'affaler sur un lit moelleux.

— Attends dehors avec Arsène, dit Mme Cheddar à son mari. Nous allons chercher des sandwichs.

Elle disparut dans le café avec Michael et Lucie.

Arsène sauta sur un banc et se mit à bâiller. Il faisait bon au soleil, aussi somnola-t-il un peu.

Assis à côté de lui, l'inspecteur Cheddar se plongea dans le guide.

Crrrrrreee… Crrrrrreee…

Arsène se sentit cette fois parfaitement éveillé. Non, il ne rêvait pas ! C'était bien les roulettes du cabas de Klob. Elle était là avec son chat !

Arsène regarda partout autour de lui.

Crrrrrreee… Crrrrrreee…

Une femme en tunique et pantalon verts traversait la pelouse. Klob s'approchait des corbeaux, son cabas derrière elle !

Arsène sauta du banc.

— Où vas-tu ? lui cria l'inspecteur.

Arsène l'ignora et se fraya un chemin parmi les touristes.

— Reviens, Arsène !

L'inspecteur se leva.

— J'ai dit : « Reviens ici tout de suite ! »

Puis il se mit à courir après Arsène qui s'élançait sur la pelouse.

Zénia Klob n'était plus qu'à quelques pas. Arsène prit appui sur ses puissantes pattes arrière et sauta ! BLAM ! Il atterrit en plein sur le cabas qui vacilla sous son poids.

— Hê-ê-ek hê-ê-ek hê-ê-ek !

— KHHH KHHH KHHH…

Les pies et Ginger Spekulos !

Arsène s'agrippa au cabas. Zénia Klob lâcha la poignée et se retourna, très surprise.

— Encore toi ! s'écria-t-elle.

Elle fouilla aussitôt sous sa perruque et Arsène déglutit. Elle prélevait une épingle empoisonnée dans ses cheveux ! Il n'y avait qu'une seule chose à faire…

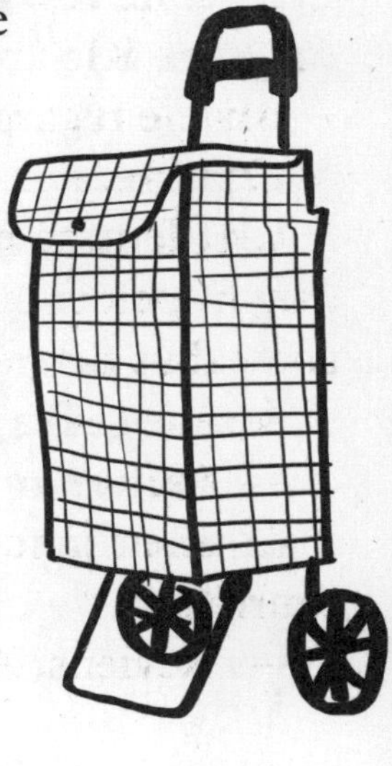

Réunissant tout son courage, Arsène hérissa ses poils et s'apprêta à lui sauter dessus.

— Descends de là ! hurla l'inspecteur Cheddar.

Il arriva en courant et attrapa fermement Arsène.

— Miaouuuuuu !

— Je… suis désolé pour mon chat. Je ne comprends pas ce qui lui arrive…

Zénia Klob tapota sa perruque.

— Pas de prrroblème. Je suis la vétérrrinaire des corrrbeaux de Sa Majesté, j'ai l'habitude des animaux. Il voulait seulement me dirrre bonjour. N'est-ce pas, chaton ?

Elle tendit la main pour le caresser.

Vétérinaire de la reine ! C'était ça, son nouveau déguisement ? De justesse, Arsène évita la main de Klob et il s'agita pour se libérer. La main s'approchait toujours. De plus en plus près. Quand elle fut sur le point de le toucher, Arsène la lacéra d'un grand coup de griffes !

L'inspecteur Cheddar était sidéré. Il coinça Arsène sous son bras.

— Je suis sincèrement navré. Normalement, il n'est pas si agressif.

Klob plissa les yeux.

— Vous pourriez le reposer par terrre, proposa-t-elle. Je pourrrais regarder ce qu'il a…

Arsène se hérissa et cracha.

Au même moment, Mme Cheddar arriva avec Michael et Lucie.

— Tout va bien ? demanda-t-elle à son mari. Je t'ai entendu crier.

— Non, ça ne va pas ! Arsène vient d'attaquer la vétérinaire des corbeaux ! répondit l'inspecteur en luttant pour le garder sous son bras.

— Oh, nooon ! s'écria Mme Cheddar.

Une goutte de sang coulait sur la main de Klob.

— J'ai un mouchoir dans mon sac. Je vous le donne tout de suite !

Klob prit le mouchoir et tapota sa blessure.

— Vous devrrriez lui ôter les grrriffes, dit-elle d'une voix glaciale. Une par une. Je le ferrais volontiers moi-même, mais j'ai rendez-vous avec le Maîtrrre des Corrrbeaux. Peut-être une autrrre fois ?

Elle envoya un regard haineux à Arsène, reprit son cabas et s'éloigna.

L'inspecteur Cheddar souleva Arsène devant lui.

— Tu vas avoir de gros ennuis !

Arsène abaissa son oreille abîmée.

— Et tu es puni pour le reste des vacances !

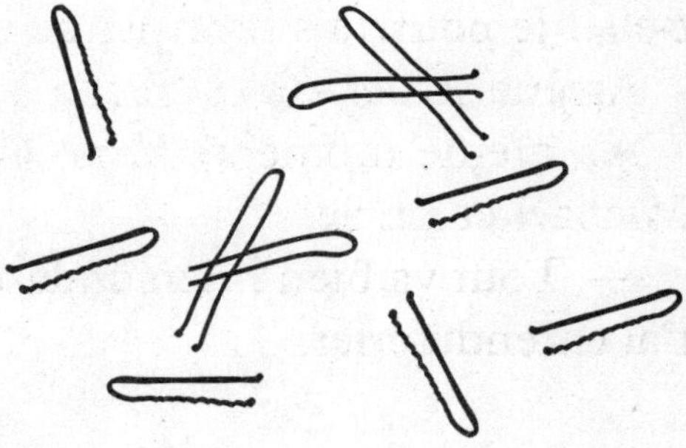

8

— Je me demande ce qui a poussé Arsène à se comporter ainsi.

Mme Cheddar regardait l'inspecteur emporter à grands pas Arsène vers la sortie. Lucie fronça les sourcils.

— Il n'aime pas cette vétérinaire…

— Moi non plus, elle voulait lui arracher les griffes ! dit Michael avec un frisson.

— « Vous devrrriez lui ôter les grrriffes. Une par une ! », imita Lucie.

— Attendez une minute ! s'écria Mme Cheddar. Votre père nous a bien dit que Zénia Klob savait se déguiser à la perfection ?

Michael et Lucie écarquillèrent les yeux.

— Oui, maman ! répondit Michael. Et cette vétérinaire avait l'accent russe !

— C’était sûrement elle ! s’exclama Mme Cheddar. Elle a menti ! Elle ne peut pas avoir rendez-vous maintenant avec le Maître des Corbeaux. Il a dit que la vétérinaire reviendrait demain matin. Arsène était énervé car il a *reconnu* Klob !

— Regardez, elle est là-bas ! annonça Michael.

Klob approchait de la cabane de Ron. Il n’y avait personne dans les parages. La plupart des touristes faisaient la queue devant la Tour Blanche ou déjeunaient au café-restaurant. Klob abandonna son cabas près de l’enclos, vérifia qu’elle n’était pas suivie et entra dans la cabane.

— Qu’est-ce qu’elle va faire ? marmonna Mme Cheddar.

Après un moment, Zénia Klob réapparut et referma la porte derrière elle. Elle reprit son cabas et s’accroupit auprès des corbeaux. Ils battirent tous des ailes pour s’approcher d’elle.

Les yeux de Lucie s’arrondirent.

— Tu crois qu’elle va les voler, maman ?

— Je n’en sais rien ! répondit Mme Cheddar. Elle nous bouche la vue. Non, attendez… Non, non, elle ne les vole pas, ils sont toujours là !

Les oiseaux noirs sautillaient dans l’enclos.

Il y eu soudain un éclair roux.

— Ça doit être son chat, Spekulos, murmura Mme Cheddar.

— Pas étonnant qu'Arsène soit devenu fou ! dit Lucie.

— Elle s'en va, chuchota Michael.

Zénia Klob s'était relevée et tenait son cabas par la poignée. Elle s'éloigna rapidement, prit sur la gauche et disparut en bas de marches.

Crrrrrreee… Crrrrrreee…

Le bruit du cabas s'éteignit au loin.

Mme Cheddar et les enfants se précipitèrent vers l'enclos.

— Vite ! dit Mme Cheddar. Allez voir si les corbeaux vont bien. Moi, je cours chercher Ron.

Michael et Lucie inspectèrent l'enclos et comptèrent plusieurs fois les corbeaux. Les oiseaux étaient si excités qu'ils changeaient sans cesse de place. Un… deux… trois… quatre… cinq… six !

— Ils sont tous là, maman ! cria Lucie.

L'un des corbeaux regarda les enfants d'un air moqueur.

— Croa ! croa ! croa !

Un autre oiseau aux yeux brillants lui donna un coup de bec.

— Kraa ! cria l'autre corbeau. Kraa !

Michael fronça les sourcils. Était-ce son imagination, ou agissaient-ils bizarrement ?

— Ron s'est évanoui ! hurla Mme Cheddar depuis la cabane.

Michael et Lucie en oublièrent les corbeaux et coururent la rejoindre. Ils pilèrent sur le pas de la porte. Le Maître des Corbeaux était allongé sur le sol dans une flaque de thé froid, profondément endormi.

— Je vais chercher de l'aide, dit Mme Cheddar. Vous, vous restez là. Seulement, si Klob réapparaît, fuyez !

Mme Cheddar partit en trombe. Elle revint quelques minutes plus tard avec des gardes et le médecin de la Tour de Londres.

Le Maître des Corbeaux grognait dans son sommeil. Le médecin sortit son stéthoscope et l'examina avec attention.

— Est-ce qu'il va bien ? demanda Michael.

— Il ira bien quand il aura dormi assez pour éliminer le somnifère.

— Un somnifère ! s'exclama le garçon.

Le médecin hocha la tête.

— Une drogue à effet rapide qui a dû lui être administré avec ceci…

Il sortit une pince à épiler de sa trousse de secours et ramassa par terre un petit objet métallique.

— Une épingle à cheveux ! hoqueta Mme Cheddar.

Le médecin désigna deux points rouges au niveau de la gorge de Ron.

— C'est ça ! s'écria-t-il. On l'a piqué là…

— Comme le gardien de la prison, se souvint Michael. On avait raison, maman, c'était *vraiment* Klob.

— Qui est Klob ? demanda le médecin.

— Une criminelle, ancienne espionne du KGB, expliqua Michael.

— Super forte pour les déguisements ! ajouta Lucie.

Étonné, le médecin haussa les sourcils.

— Elle a l'air terrible, dit-il. Qu'est-ce qu'elle fait ici, à part endormir Ron ?

— Je ne sais pas.

Mme Cheddar semblait inquiète.

— Mais je ferais mieux de rentrer à l'hôtel. Mon mari est l'officier de police en charge de l'enquête. Du moins, il *l'était*. Il faut absolument que nous lui racontions ce qui s'est passé !

Deux heures plus tard, le médecin était toujours assis dans la cabane à tripoter son stéthoscope.

Des policiers avaient emporté l'épingle à cheveux dans un sachet en plastique. Des ambulanciers avaient emmené le Maître des Corbeaux sur un brancard. Les gardes étaient retournés s'occuper des touristes. Et lui restait à surveiller les corbeaux.

Il avait hâte que Ron se réveille et reprenne son poste. Un médecin avait autre chose à faire que de jouer à la nounou pour oiseaux. Et il en avait assez que des enfants fassent irruption dans la cabane pour lui réclamer des histoires épouvantables. Apparemment, Ron s'était rendu célèbre pour cela. Dans un tiroir, le médecin avait trouvé un petit livre plein d'histoires de fantômes, il le lisait aux enfants trop insistants.

« Pourquoi, se demanda le médecin, les enfants sont-ils fascinés par le sang ? »

Ils aimaient particulièrement l'histoire du chevalier décapité auquel on avait recousu la tête pour que sa famille puisse commander son portrait. Les pleurs de la femme hurlante avaient du succès aussi, tout comme l'ours qui traînait sa chaîne et le pas lourd de l'homme à la hache.

Le médecin ne croyait pas aux fantômes. Il ne croyait pas non plus à la légende qui promettait la chute de la monarchie si les corbeaux quittaient la Tour. Mais… d'un autre côté… si elle disait vrai, il ne voulait pas être responsable d'une catastrophe. Les gardes deviendraient fous de rage et ils portaient des hallebardes très tranchantes.

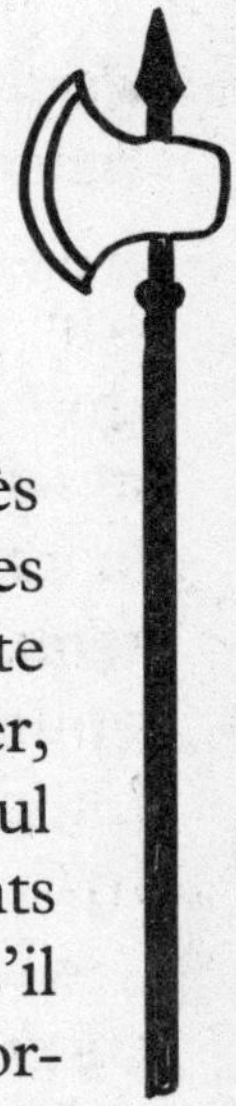

Dans les temps anciens, ces armes avaient transpercé des traîtres. À bien les regarder, elles le pouvaient toujours.

Le médecin soupira. Peu importait ce qu'il en pensait, il était coincé pour un moment. Il sortit observer les oiseaux et s'accroupit près de l'enclos. Pour lui, ce n'était que des sales bêtes criardes. L'un des corbeaux avait la patte tordue, un autre jacassait au lieu de croasser, trois autres crottaient dans leur eau. Un seul avait l'air intelligent avec des petits yeux brillants et une manière de pencher la tête comme s'il comprenait. Le médecin se demanda si ce corbeau avait conscience de son rôle : empêcher la chute de la monarchie ! L'homme rit tout seul. Les oiseaux ne peuvent pas savoir ce genre de choses !

Il retourna dans sa cabane et claqua la porte.

Crrrrrreee… Crrrrrreee…

Quelqu'un toqua ; il leva les yeux. Ah, non ! Il était presque l'heure de la fermeture. Il ne voulait plus parler aux visiteurs. Il avait eu son compte pour la journée. Si un seul enfant venait encore lui demander si les gens clignaient des paupières après avoir été décapités, il allait hurler.

— Allez-vous-en !

Or ce ne fut pas la tête d'un enfant qui passa la porte, mais celle une vieille femme aux cheveux gris. Le médecin se surprit à imaginer la tête tombant du billot et roulant dans l'herbe. Il se frotta les yeux. Il fallait vraiment qu'il rentre chez lui.

— La Tour de Londres va fermer, dit-il. Regagnez la sortie !

— Pourrr moi, ça rrreste ouverrrt, dit la femme.

Elle ouvrit plus grand la porte et entra en tirant un cabas. Derrière son dos, elle cachait une épingle à cheveux.

Le médecin plissa les yeux.

— Qui êtes-vous ?

— Griselda Grump, je suis la remplaçante du Maîtrrre des Corrrbeaux.

La femme portait l'uniforme des gardes et une paire de bottines semblables à celles des militaires. Elle sortit un bonnet de son cabas et l'enfila.

Au même instant, le médecin crut voir un éclair orangé. Il secoua la tête. Il était si fatigué qu'il avait maintenant des hallucinations !

— Je ne suis pas mécontent de vous voir arriver, madame Grump, dit-il aimablement. J'ai cru que je devrais m'occuper pour toujours de ces stupides oiseaux.

— *Mademoiselle*, pas « madame », le corrigea la femme d'un ton sévère. Et comment osez-vous parrrler ainsi des oiseaux de Sa Majesté ! Encorrre un mot comme celui-ci et je vous fais arrrêter pour trrraîtrise !

— D'accord, d'accord... dit le médecin, gardez votre calme, mademoiselle. Comment va Ron ?

— Il est fatigué, dit sèchement la femme. Il ne serrra pas de retour avant quelque temps.

— Vous avez des nouvelles de la police quant à la dénommée Klob ? demanda le médecin en rangeant son stéthoscope dans sa trousse. Je veux juste savoir si vous risquez d'être en danger.

— Klob ne me posera aucun prrroblème, répondit la femme en faisant craquer ses doigts.

L'homme n'en revenait pas. Il avait l'impression d'avoir devant lui un ex-sergent-major sorti tout droit d'un commando !

— Bon ! Amusez-vous bien ! dit-il en partant.

Et il referma la porte derrière lui.

— Ça ! On va s'amuser... répéta Griselda Grump. Beaucoup, beaucoup s'amuser. Pas vrrrai, Ginger ?

Du fond du cabas, il y eut un terrible MIAOUUUU !

— Sors de là !

Ginger Spekulos sauta du cabas.

— Dois-je te donner la clef ? Ou libèrrres-tu les pies toi-même ?

TCHIC, TCHIC, TCHIC, TCHIC... Une à une, Spekulos sortit ses griffes.

— Attends ! Je regarde si la voie est librrre...

Zénia passa la tête hors de la cabane. Les derniers touristes avaient quitté la Tour de Londres. Personne à l'horizon.

— Vas-y !

Spekulos trottina vers l'enclos des corbeaux et s'attaqua à la serrure.

PING ! Le loquet céda.

— Hê-ê-ek hê-ê-ek hê-ê-ek !

Les pies claquaient du bec et sautaient sur place.

— Calmez-vous ! (Zénia Klob approchait avec son cabas.) Nous devons tout prrréparer. Il serrra bientôt temps de faire notrrre annonce !

9

— Je reste sceptique, bougonna le directeur de la police criminelle.

— Tout comme moi, dit l'adjoint.

Assis sur un coin du bureau, Arsène écoutait la conversation. Maintenant que tout le monde savait qu'il pouvait reconnaître Zénia Klob, l'inspecteur Cheddar et lui étaient de retour dans l'enquête. Il espérait seulement qu'il n'était pas trop tard.

— Qu'est-ce que vous en pensez, Cheddar ?

Le directeur se gratta la tête.

— Pourquoi Klob serait-elle allée, déguisée en vétérinaire, mettre K.-O. le Maître des Corbeaux ?

Arsène ne voyait pas non plus, cela n'avait aucun sens.

— Aucune idée, monsieur le directeur. À moins qu'elle n'ait voulu lui prendre des clefs…

— Non, dit l'adjoint. Dans la cabane, il n'a que la clef de l'enclos des corbeaux et elle est restée à sa place.

— Moi, j'ai cru qu'elle voulait voler les corbeaux, dit Lucie. Hein, maman ?

Mme Cheddar fronça les sourcils.

— Oui, oui, tu nous l'as dit.

— C'est bien observé, jeune fille, dit le directeur, mais pourquoi volerait-elle les corbeaux ?

— Je ne sais pas, admit Lucie.

— La cible évidente, ce sont les joyaux de la Couronne, dit Mme Cheddar. Zénia Klob a pu penser que, si elle volait les corbeaux, elle pourrait demander une rançon à la reine.

— Oui ! À cause de la légende ! s'écria Michael. Plus de corbeaux, plus de monarchie !

— Je vois ce que tu veux dire, mon garçon, reprit le directeur, seulement voilà : elle ne les a pas volés. Ils étaient là, tous les six !

— C'est vrai, reconnut Michael. Mais ils étaient bizarres. Ils poussaient de drôles de cris.

— Bizarres ? répéta le directeur. Allons ! tu auras imaginé des choses. Et qu'en est-il des autres corbeaux ?

— Il n'en manque aucun, répondit l'adjoint. Nous avons contacté la vraie vétérinaire ; elle les a bien vaccinés contre la grippe aviaire et les rapporte demain.

Arsène se rongeait les griffes. Si les joyaux de la Couronne étaient la cible de Klob, pourquoi attaquait-elle le Maître des Corbeaux ? Et pourquoi déguisée en vétérinaire ?

Un jeune policier surgit dans le bureau.

— Je suis désolé de vous déranger, monsieur le directeur, dit-il, le visage presque violet, mais je pense que vous devriez allumer la télévision.

— Vous plaisantez ? s'agaça le directeur. Nous sommes au milieu d'une réunion importante.

— C'est une urgence, monsieur.

Le jeune policier marcha à grands pas vers l'écran fixé sur le mur opposé et alluma le poste.

— C'est Zénia Klob, monsieur le directeur ! Elle fait une annonce ! Elle a pris le contrôle de toutes les chaînes.

— Klob ?

Le directeur était sidéré.

Les Cheddar et Arsène fixèrent l'écran.

Zénia Klob apparut en gros plan, en uniforme de hallebardier. Derrière elle, on reconnaissait la cabane du Maître des Corbeaux.

— *Ici, Griselda Grrrump, connue aussi sous le nom de Zénia Klob ! En dirrrect de l'enclos des corbeaux de la Tour de Londrrres…*

Arsène grogna.

— *J'ai un message pour Sa Majesté la rrreine…*

Elle sourit à la caméra.

— *Et je vous conseille d'écouter, petite Majesté, dans votrrre intérrrêt !*

— Que quelqu'un l'arrête tout de suite ! cria le directeur. Contactez les gardes de la Tour ! C'est une trahison !

Zénia Klob plissa les yeux et tapota la caméra.

— *Avant d'envoyer vos empotés de hallebardiers pour m'arrrêter, écoutez donc si vous voulez garrrder votre trrrône !*

La caméra zooma sur son affreux visage. Arsène frissonna. Elle n'avait pas changé : mêmes yeux cruels, même bouche fine et mauvaise que quand il n'était qu'un chaton.

— Monsieur, nous ferions mieux d'écouter ce qu'elle a à dire, fit l'adjoint.

En sueur, le directeur de la criminelle se servit un verre d'eau.

— *Aujourd'hui*, reprit Klob, *je suis allée prrrès de l'enclos des corrrbeaux, déguisée en vétérinairrre avec mon complice et brillant cameraman, Gingerrr Spekulos ! Gingerrr, dis bonjourrr à la camérrra !*

Une patte passa devant l'écran.

— *J'ai neutralisé leur garrrde et j'ai échangé les corrrbeaux contrrre d'autrrres oiseaux. Je savais qu'aujourd'hui il n'y aurrrait que six corrrbeaux...*

— Alors c'est ça qu'elle manigançait ! murmura Mme Cheddar.

Arsène regarda sévèrement l'inspecteur. S'il l'avait cru quand il avait essayé de lui dire que la vétérinaire n'était autre que Klob, ils auraient pu l'arrêter à temps !

L'inspecteur Cheddar semblait penser la même chose. Il adressa à Arsène un petit sourire embarrassé.

— *Il y a deux jours, j'ai libérrré le gang du manoir Toffly. Avec trois autres pies, ils ont prrris la place des corrrbeaux !*

« Les pies ! Bien sûr ! » Arsène les avait entendues jacasser dans le cabas. Il aurait dû comprendre tout de suite le plan machiavélique de Klob !

Zénia Klob semblait très fière d'elle.

— *Mes déguisements de corrrbeaux pour pies sont trrrès réussis !*

Le directeur de la police frappa du poing sur le bureau.

— Elle bluffe ! cria-t-il.

La caméra se déplaça vers l'enclos et montra six oiseaux. Arsène sentit sa fourrure se hérisser. Le premier avait une patte tordue, le deuxième jacassait bruyamment, le troisième avait de petits yeux brillants. Arsène ne connaissait pas les trois autres, mais le gang du manoir Toffly aurait pu se déguiser en poulets qu'il les aurait reconnus ! Balafre, Bandit, Jimmy Magpie et son air arrogant.

Arsène cracha.

Zénia Klob se pencha et saisit Bandit par les pattes, tête en bas.

— *Hê-ê-ek hê-ê-ek hê-ê-ek !*

— *La ferme !* cria Klob. *Passe-moi le décapant pour teinturrre, Spekulos !*

La caméra trembla un peu, une patte serrant une bouteille vert sombre apparut.

— *J'ai dit le décapant, pas le somnifèrrre,* dit Zénia en pouffant. *Toi et tes blagues, vilain matou !*

— *Hê-ê-ek hê-ê-ek hê-ê-ek !*

Bandit battait furieusement des ailes.

— *Tiens-toi trrranquille, l'oiseau...* (Zénia prit la seconde bouteille que lui tendait la patte) ... *ou Spekulos s'occupera de toi !*

Bandit se figea.

— *Bien !*

Zénia versa le contenu de la bouteille sur Bandit et secoua vigoureusement l'oiseau. Des gouttelettes noires se répandirent sur l'herbe.

— *Vous voyez ?* dit Zénia à la caméra. *Une pie !*

Elle lâcha Bandit et fit un geste vers les autres corbeaux.

— *Petite Majesté, six pies voleuses à la place de vos six corrrbeaux !*

— *Hê-ê-ek hê-ê-ek hê-ê-ek !*

Zénia Klob laissa tomber la bouteille vide, et Arsène eut le temps de voir l'étiquette :

THUMPERS

Décapant traditionnel

Convient aux teintures les plus tenaces

« Thumpers ? » M. Tucker aussi utilisait cette marque pour teindre en blanc sa barbe-pull. Arsène se demanda où se trouvait la boutique.

Zénia avait dû s'y rendre depuis qu'elle était à Londres.

— *Ne vous inquiétez pas, Majesté,* ricana Zénia. *Nous avons caché les corrrbeaux dans la Tour de Londrrres. C'est pour cela que vous êtes toujours dans votrrre palais de Buckingham et pas encorrre à la rue !*

— Nous devons retrouver ces corbeaux tout de suite ! tonna le directeur de la police, maltraitant encore son pauvre bureau.

— *C'est inutile de cherrrcher les corrrbeaux,* gronda Zénia Klob. *Ils sont cachés là où aucun humain ne pourrra les trouver ! Spekulos prend soin d'eux...*

Zénia fixa l'objectif.

— *Ils sont en sécurité. Tout comme vous, petite Majesté. Pour le moment. Mais, attention ! mon cherrr Spekulos a un énorrrme appétit !*

TCHIC, TCHIC, TCHIC, TCHIC. La patte s'agita devant l'écran pour exhiber quatre griffes acérées.

L'inspecteur Cheddar enfouit sa tête dans ses mains et Arsène plaqua ses oreilles contre son crâne.

Le directeur tremblait de colère.

L'adjoint s'était évanoui.

— *Si vous m'obéissez,* reprit Zénia Klob, *vous retrouverez vos corrrbeaux. Vous garrrderez votrre trrrône et, moi, les joyaux de la Couronne ! C'est trrrès simple, Majesté !*

Zénia sortit une liste de sa poche et la lut à haute voix.

1. Faites évacuer la Tour de Londres.
2. Désactivez le système de sécurité.
3. Préparez un avion prêt à décoller à destination de ma bien-aimée Russie !

— *Sinon*... dit Zénia en tapant du pied, *Gingerrr dévorera vos corrrbeaux et il jetterrra leurs rrrestes dans la Tamise ! Et vous pourrrez dire adieu à votre trrrône, petite Majesté !*

L'écran se mit à grésiller. L'image se brouilla, puis disparut complètement.

Il y eut un long silence.

DRIIIIINNNG ! La sonnerie du téléphone surprit tout le monde.

Le directeur de la criminelle décrocha et mit le haut-parleur.

— Oui ?

— Sa Majesté la reine sur la ligne 1, monsieur le directeur, dit l'opérateur. Elle vous attend au palais immédiatement.

Deux voitures de police attendaient devant l'entrée de Scotland Yard. Les chauffeurs tenaient les portières ouvertes. L'inspecteur Cheddar sauta dans la première. Arsène, Mme Cheddar et les enfants s'engouffrèrent dans la seconde.

— Attachez-vous ! ordonna le policier au volant. Le chat aussi !

Arsène était au milieu de la banquette arrière. Michael tira la ceinture, clic !

— Nous sommes prêts ! dit-il.

Sirènes hurlantes, la voiture démarra sur les chapeaux de roues et fonça à travers les rues de Londres. Sur les trottoirs, les piétons s'arrêtaient, sidérés.

— Accrochez-vous ! dit le chauffeur en faisant une embardée pour doubler un camion. Dans une minute, vous verrez le palais !

Ils atteignirent enfin une large avenue bordée d'arbres.

— C'est tout au bout !

Arsène aperçut un imposant bâtiment de couleur sable entouré de grilles majestueuses : le palais de Buckingham ! Il allait rencontrer la reine ! Il espérait que l'inspecteur Cheddar penserait à lui rendre son insigne de chat policier pour qu'il puisse le montrer à Sa Majesté.

Deux gardes en uniforme, veste rouge et pantalon noir, ouvrirent le portail. Arsène se recula sur la banquette dès qu'il les vit. Ils portaient des animaux sur la tête !

Michael caressa doucement Arsène.

— Ne t'inquiète pas, Arsène, la fourrure fait partie de leur uniforme. C'est de la peau d'ours !

Arsène essaya de se détendre. Au moins, ce n'était pas du chat.

Le chauffeur gara la voiture et, clic ! Lucie défit la ceinture d'Arsène. Mme Cheddar et les enfants se dépêchèrent de rejoindre l'inspecteur Cheddar, le directeur de la police et son adjoint qui arrivaient dans l'autre véhicule. Arsène se faufila entre leurs pieds, prenant garde de ne pas se faire piétiner dans l'agitation générale.

Une femme en élégant tailleur noir les accueillit.

— Je suis Monica Mint, secrétaire privée de Sa Majesté, dit-elle. Sa Majesté vous attend avec le Premier Ministre. Ne perdons pas de temps !

La secrétaire les guida dans le palais. Ses talons hauts claquaient sur le sol en marbre. Arsène n'avait pas le loisir d'observer comme il l'aurait voulu, toutefois il vit en passant de somptueux tableaux dans des cadres dorés, des tables en acajou sculpté couvertes de magnifiques objets et de pendules. Du temps où il était cambrioleur, il n'aurait pas résisté et se serait arrêté pour y regarder de plus près. Plus maintenant ! À cet instant, il n'avait qu'une pensée : sauver le trésor de la reine des griffes de Klob et de Ginger Spekulos.

Monica Mint s'arrêta devant une porte.

— Sa Majesté va vous recevoir, dit-elle. Mesdames, n'oubliez pas de faire une révérence. Messieurs, vous devez saluer. Sa Majesté tient au respect du protocole même en période de crise.

Arsène paniqua. Il ne savait pas comment saluer ! Il se glissa sans bruit derrière les autres.

— Ah, vous voilà, monsieur le directeur…

La reine était assise près d'une fenêtre et prenait le thé. Dans un autre fauteuil, le Premier Ministre avait l'air très inquiet.

— Votre Majesté... (le directeur inclina la tête) monsieur le Premier Ministre, vous connaissez déjà mon adjoint... Votre Majesté, permettez-moi de vous présenter la famille Cheddar.

Mme Cheddar et Lucie firent une jolie révérence, et Michael s'inclina. L'inspecteur Cheddar aussi, mais il perdit l'équilibre, glissa et se cogna la tête contre une table.

— Comment allez-vous ? dit la reine.

L'inspecteur Cheddar se massa la tempe. Il allait répondre quand Monica Mint lui lança un regard excédé.

— On ne doit pas répondre à cette question, siffla-t-elle.

— Et voici leur chat, Arsène Lagriffe, continua le directeur.

Arsène traversa le magnifique tapis sur le bout des coussinets. Il se dressa sur ses pattes arrière, plaça une patte en travers de sa poitrine et se pencha en avant, en veillant à ne pas tomber.

La reine sourit.

— Arsène Lagriffe, je dois dire que vous avez d'excellentes manières, pour un animal ! Peut-être pourriez-vous les enseigner à mes chiens après le thé. Que tout le monde s'assoie...

Arsène se raidit. Dans un angle du grand salon, il repéra trois chiens allongés dans un panier, qui le regardaient d'un air vorace. Arsène sauta sur les genoux de Mme Cheddar tandis que tout le monde s'asseyait sur un grand canapé.

— Arsène a participé à l'arrestation du gang des pies du manoir Toffly, Votre Majesté, expliqua le directeur de la police. Et il peut reconnaître Zénia Klob, même si elle est déguisée.

— Comme cela est intéressant ! dit la reine en sirotant son thé.

— Nous pensons qu'Arsène a déjà travaillé pour Zénia Klob, Votre Majesté, ajouta Lucie. Quand il était un chat cambrioleur.

— Un chat cambrioleur ?

La reine fit les gros yeux à Arsène. Il se sentit rougir sous sa fourrure.

— Il ne cambriole plus, Votre Majesté, précisa aussitôt Mme Cheddar. Pas depuis que nous l'avons recueilli. C'est un chat cambrioleur *repenti* !

— Eh bien, j'en suis ravie, dit la reine. Parce qu'il nous manque déjà beaucoup de cuillères à thé. Nous avons fait l'erreur d'en prêter à ces Toffly qui ne nous les ont jamais rendues.

Elle soupira.

— Et nous allons manquer de bien d'autres choses si cette Klob arrive à ses fins.

La reine se tourna vers le directeur de la police criminelle.

— Que faire ? Klob semble avoir tout si bien manigancé ! Si son chat Spekulos tue les corbeaux, je suis perdue !

Le directeur avait l'air sombre.

— Nous n'avons pas encore de plan, reconnut-il.

L'inspecteur Cheddar restait muet devant la reine.

— Moi, j'ai une idée, Votre Grandeur, s'écria-t-il soudain. Une idée qui peut réussir grâce à Arsène !

— Eh bien, dites-la ! s'impatienta le Premier Ministre.

Il ne voulait pas que la monarchie s'effondre alors qu'il était en poste. Les journaux ne parleraient que de cela et il ne serait jamais réélu.

— J'ai mal jugé Arsène, Votre Excellence, dit l'inspecteur. Quand il a attaqué Klob à la Tour de Londres, je l'ai retenu.

Arsène se mit à ronronner doucement. Ce n'était pas si souvent que l'inspecteur admettait qu'il avait eu tort ou disait quelque chose d'agréable sur lui.

— Vous voulez dire que c'est votre faute ? répondit le Premier Ministre.

— J'en ai bien peur, répondit l'inspecteur. Cependant, j'ai compris la leçon.

— De quelle leçon parlez-vous, inspecteur ? demanda gentiment la reine.

— J'ai appris que je devais faire confiance à Arsène.

Arsène ronronna plus fort.

— Un peu tard ! grogna le Premier Ministre.

— Voulez-vous bien exposer votre idée, inspecteur ? insista la reine.

— Si Arsène a vraiment travaillé pour Klob, Votre Magnificence…

L'inspecteur hésita.

— Continuez, continuez…

— Il pourrait être capable d'infiltrer la bande ! Ainsi, il serait en mesure de garder un œil sur vos corbeaux… au cas où Spekulos aurait un petit creux…

— … pendant que, nous, nous travaillerons à sauver les joyaux de la Couronne, termina le directeur de la police en tapotant le dos de l'inspecteur. Bien pensé, Cheddar !

Arsène s'arrêta net de ronronner. « Infiltrer la bande ? » Ils étaient fous ? Ginger Spekulos allait le dévorer tout cru !

— Ce n'est pas une mauvaise idée, Cheddar, grommela le Premier Ministre. Surtout venant de vous.

— Klob a ordonné à son chat de mettre les corbeaux dans un endroit où aucun humain ne pourrait les trouver, dit le directeur de la police. Mais un *chat* en serait capable…

Il fixa Arsène avec insistance.

— Surtout s'il gagne la confiance de Ginger Spekulos, renchérit le Premier Ministre.

« Gagner la confiance de Ginger ? » L'oreille intacte d'Arsène retomba. De pire en pire ! Ils ne savaient pas à quel point Ginger Spekulos détestait les autres chats. Particulièrement lui. Comment leur faire comprendre à tous qu'il n'avait pas la moindre chance de l'embobiner ?

— Non ! c'est trop dangereux pour Arsène ! protesta Lucie.

Elle l'attrapa et le câlina.

— Il pourrait être blessé ! s'écria Michael en lui caressant les oreilles.

— Je ne pense pas que nous devrions lui demander de faire une chose pareille, dit Mme Cheddar, elle aussi inquiète. Ce serait lui faire prendre de trop gros risques.

La reine posa sa tasse.

— Monica, apportez-moi Arsène, je vous prie. Lui et moi devons avoir une petite conversation.

Arsène sentit de fortes mains le saisir. Monica Mint le porta jusqu'au fauteuil de la reine et l'installa sur le repose-pieds.

— Donnez-moi mes lunettes…

Monica Mint tendit à la reine un boîtier en cuir.

La reine se pencha en avant. Doucement, elle prit un pan du bandana rouge d'Arsène entre ses doigts et lut lentement les mots brodés dessus :

— « Arsène Mitaine Escogrif Lagriffe… » Magnifique ! Vous devez être intelligent et courageux, pour mériter un tel nom !

Arsène recommença à ronronner.

— J'ai toujours pensé, dit la reine, que les animaux étaient intelligents. Probablement plus que les humains.

Arsène ronronna très fort. Il aimait beaucoup la reine. Finalement, elle ne faisait pas peur du tout.

— Arsène, je ne vous obligerai à rien, lui dit la reine. Mais ce serait merveilleux si vous étiez volontaire pour cette mission. Cependant, si vous ne souhaitez pas infiltrer l'horrible bande de Klob et amadouer Ginger Spekulos, vous êtes libre de ne pas le faire.

— Mais, Votre Majesté… protesta le Premier Ministre.

— La Grande-Bretagne est un pays de liberté ! l'interrompit la reine avec un regard sévère. Les hommes et les chats ont leur libre arbitre. Ils ne peuvent pas être contraints à faire quoi que ce soit contre leur volonté. C'est pourquoi… Zénia Klob peut bien aller danser sur la Lune. Avec ou sans son insupportable chat.

— Mais, Votre Majesté… répéta le Premier Ministre. Si Ginger Spekulos tue les corbeaux, c'en est fini de la monarchie !

— Je sais, dit sèchement la reine, mais je ne me plierai pas à ses exigences. Et je ne forcerai pas Arsène à faire ce qu'il ne veut pas faire.

Arsène regarda la reine avec admiration. Elle préférait abandonner le trône plutôt que l'obliger à affronter Klob et ce satané Spekulos ! Il sentit sa gorge se serrer.

— Monica, voulez-vous bien aller faire ma valise, dit la reine en se tournant vers sa secrétaire. N'oubliez pas une brosse à dents et un pyjama pour Philip, et faites-nous une réservation dans un hôtel, il y en a de charmants en Écosse. Monsieur le directeur de la police, prenez contact avec Klob et soyez aimable de lui dire de ma part d'aller se promener !

— Mais… Majesté !

Le directeur s'était levé d'un bond.

— Ne pouvons-nous pas utiliser Arsène pour retenir Klob et Spekulos juste le temps de penser à une autre stratégie ?

La reine leva la main pour qu'il se taise.

— Monsieur le directeur, ma décision est prise. Je ne négocie pas avec des criminels.

Arsène avait du mal à le croire. Jamais il n'aurait imaginé que la reine était si courageuse. Bien sûr, elle avait raison. Il ne fallait pas céder à Klob. Il ne fallait pas laisser Spekulos faire la loi. Mais si la reine était si courageuse, il devait l'être aussi ! Arsène était décidé. Il allait infiltrer la bande et garder les corbeaux en vie. Peu importait le danger !

— Miaouuuuuuuu !

— Arsène essaie de dire quelque chose, fit Lucie.

Arsène hérissa sa fourrure.

— Miaouuuu !

— Je pense qu'il nous dit qu'il est d'accord pour le faire, ajouta Michael. C'est bien ça, Arsène ?

— Miaou ! miaou ! miaou !

— Formidable ! s'exclama l'inspecteur Cheddar en tapant dans les mains des deux autres policiers.

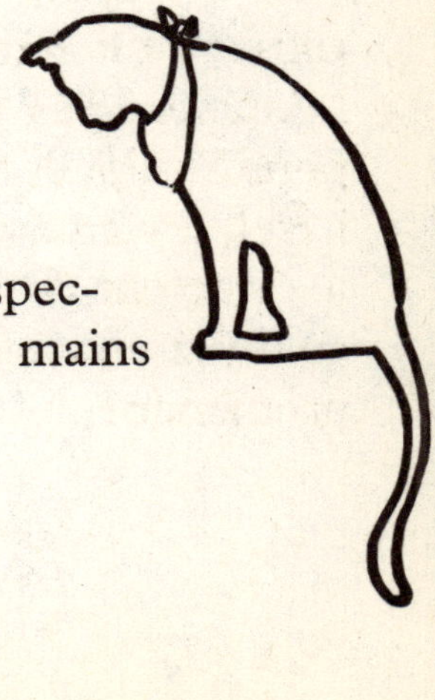

Le Premier Ministre prit un biscuit au chocolat.

Mme Cheddar s'approcha d'Arsène. Elle se mit à genoux et lui caressa les oreilles.

— Tu es vraiment sûr, Arsène ? murmura-t-elle.

Ses yeux rencontrèrent ceux de la reine.

— Miaou !

— Vraiment, vraiment sûr ? insista cette dernière en lui chatouillant le menton.

— Miaou !

Jamais de toute sa vie Arsène n'avait été aussi certain de quelque chose.

— Quoi qu'il advienne, je te serai éternellement reconnaissante, Arsène, dit la reine, puis elle sourit à Mme Cheddar. Ainsi qu'à ta famille, qui te laisse accomplir cet acte de courage ! Monica, donnez donc à Arsène une sardine, je vous prie ! Je suis sûre qu'il a faim.

— Tout de suite, Majesté, répondit la secrétaire en sortant.

— Et pendant qu'Arsène se régalera, nous, nous mettrons au point notre plan !

Ses yeux brillaient.

— Je pense avoir une idée, monsieur le Premier Ministre, ajouta la reine en se tournant vers lui. Avons-nous toujours les faux joyaux de la

Couronne que nous avions fait faire pour la soirée déguisée d'un de mes anniversaires ?

— Je crois, Votre Majesté, dit en souriant le Premier Ministre.

— Parfait !

La reine hocha la tête.

— Alors, sortez-les de vos tiroirs et préparons-nous à démolir Klob !

11

Bandit n'était pas très content. Lui et ses copains Balafre, Brute, Canaille et Gozier étaient enfermés dans l'enclos des corbeaux. Zénia Klob était repartie sur sa péniche pour essayer des déguisements. Ginger Spekulos parlait avec Jimmy Magpie autour d'une tasse de thé dans la cabane du Maître des Corbeaux.

— Pourquoi est-ce qu'on est encore là ? se plaignit-il en ébouriffant ses ailes. Je pensais qu'on irait essayer l'hermine !

— L'hermine ? répéta Gozier.

— Pff ! Tu ne connais rien à rien, Goz, s'agaça Bandit. L'hermine, c'est de la fourrure. Celle que porte la reine dans les grandes occasions comme son couronnement ou d'autres trucs.

— Tu serais magnifique avec de l'hermine, Bandit, dit Balafre en hochant la tête. Dommage qu'on soit coincés ici !

— Je m'en fiche, de l'hermine, grogna Brute. Moi, je voudrais me détendre les ailes. J'en ai marre d'être enfermé comme un poulet.

— C'est aussi nul que la prison, gémit Gozier.

— Et notre eau est pleine de crottes ! pleurnicha Canaille.

— Ça, c'est ta faute, gronda Balafre. Si tu crois que je ne t'ai pas vu ! Regarde ton derrière, t'auras la preuve !

— Hê-ê-ek hê-ê-ek hê-ê-ek !

Les pies commencèrent à se battre.

Ginger Spekulos arriva nonchalamment.

— Il y a un problème ? demanda-t-il.

— Laisse-nous sortir ! crièrent les pies.

Ginger Spekulos bâilla.

— Peut-être… peut-être pas. Qu'est-ce que tu en penses, Jimmy ?

Jimmy Magpie les rejoignit.

— Pourquoi pas ? dit-il. Tant que vous n'en profitez pas pour faire des trucs débiles.

— Des trucs débiles ? Nous ? s'offusqua Bandit.

— Comme quoi, boss ? demanda Balafre.

— Comme voler assez haut dans les airs pour qu'un humain puisse vous tirer dessus, répondit Jimmy.

Gozier avala sa salive.

— Je croyais que tous les gardes étaient partis.

— Oui, répondit Ginger. La reine a ordonné qu'ils s'en aillent après la diffusion du message de Zénia. Mais tu peux parier ton bec que, quelque part de l'autre côté du fleuve ou sur un de ces hauts immeubles, il y a un tireur d'élite de la police.

Ginger fit un geste vers le ciel.

— Tu voles là-haut et... BANG !

Il se figea comme s'il avait été touché en plein vol et battit des pattes. Puis il passa une griffe en travers de sa gorge.

— Couic ! Comme une dinde de Noël !

— Nous ne voulons pas d'autres funérailles, les gars, leur rappela solennellement Jimmy Magpie. Trop de pies sont mortes par la faute des humains. Souvenez-vous de Crochu, Pingouin et Gorille.

Bandit déglutit. Crochu, Pingouin et Gorille s'étaient fait écraser par des voitures. *Salement* écraser.

— En fait, je n'ai plus très envie de m'étirer les ailes, dit Brute.

— À la place, on pourrait sautiller, suggéra Balafre.

— Oui ! oui ! Sautillons ! s'écria Bandit. Est-ce qu'on peut aller voir les joyaux de la Couronne en sautillant, Jimmy ? S'il te plaît, Jimmy ?

— Je n'ai rien contre, répondit Jimmy. On va vérifier s'ils ont désactivé le système de sécurité. Viens, Ginger !

— D'accord, accepta ce dernier, et il inséra une griffe dans la serrure de l'enclos. Ensuite, j'irai donner un peu de sang aux corbeaux.

La porte s'ouvrit. Les pies se bousculèrent pour sortir. Ginger Spekulos sauta sur le mur derrière l'enclos et redescendit de l'autre côté. Il se mit à trottiner, Jimmy voletait à ses côtés.

— Je n'aime pas ce chat ! murmura Bandit.

— Je ne sais pas pourquoi le boss l'écoute, grogna Balafre. Nous, on ne compte plus !

— Le boss devient ami avec un chat et un humain ! s'écria Canaille.

— J'en ai marre, dit Gozier. Faut qu'on fasse quelque chose pour arrêter ça.

Bandit fit une étrange grimace.

— Oui, bonne idée…

— Hê-ê-ek hê-ê-ek hê-ê-ek !

Les pies jacassaient, sautillaient, s'énervaient.

— Les gars, on fait une pause et on réfléchit, décida Balafre.

Ils se déployèrent sur une pelouse près de la Tour Verte.

— Hé ! dit Bandit. J'ai entendu le médecin parler de cette tour. Il paraît que c'est là qu'on décapitait les humains !

Balafre regarda avec curiosité.

— Vous y croyez, vous, à l'histoire du type qui a eu la tête recousue pour être sur la photo de famille ?

— Elle ne devait pas être terrible, la photo, rétorqua Bandit. Avec tout le sang qui devait dégouliner de son cou…

— Il n'y avait pas de photos à cette époque, idiot !

Jimmy était revenu les chercher, il les attendait.

— Il n'y avait que des peintures. Ils n'étaient pas obligés de peindre le sang.

— Vous venez, oui ? s'impatienta Ginger Spekulos. Il commence à faire sombre.

— Hé, Canaille ? continua tout bas Balafre, tu as aimé les histoires de fantômes du médecin, toi ?

— Oh, oui ! j'ai adoré ! s'écria Canaille en battant des ailes.

— Moi aussi, dit Bandit. Surtout celle d'Anne Boleyn qui se promène avec sa tête sous le bras !

— Bouuuuuuh ! cria Brute. Bouuuuuh !

— La ferme ! gronda Ginger Spekulos.

Balafre inclina la tête. Ce chat n'avait aucun humour.

— Et toi, Goz ?

— Moi, ma préférée, c'est celle de l'ours qui fait cliqueter ses chaînes, gloussa Gozier. Si tu entends ça dans le noir, cling ! cling ! c'est un coup à avoir encore plus la chair de poule qu'une poule !

— Arrêtez ça ! cria Ginger Spekulos.

— Et la femme qui hurle ? suggéra Balafre.

— Bouuuuuuuh ! continua Brute.

Les pies sautillaient partout en ricanant. Même Jimmy gloussait.

— Bouclez-la ! cria encore Ginger Spekulos.

— Moi, j'aime mieux celle de l'homme à la hache, dit Balafre d'un air rusé. Imagine qu'on soit tous là en pleine nuit et qu'il arrive avec son pas lourd… boum ! boum ! boum ! pour nous couper la tête !

— C'est vrai qu'ici, c'est sinistre, dit Bandit avec une grimace. Et encore pire le soir !

— ARRÊTEZ DE PARLER DE ÇA ! rugit Ginger Spekulos.

Balafre fit un clin d'œil à Bandit.

— Tout va bien, Ginger ? demanda-t-il.

Ginger Spekulos lançait des coups d'œil inquiets autour de lui.

— Hé, les gars… murmura Bandit. Je crois que le chat a vraiment la trouille des fantômes.

— Non ! cria Ginger. N'importe quoi !

— Cling, cling… fit Gozier qui arrivait discrètement dans son dos.

Le chat fit un bond spectaculaire.

— Si ! Tu as peur ! s'écria Canaille. T'es une poule mouillée !

— Un chat mouillé, un chat mouillé, un chat mouillé… chantonna Brute.

TCHAC ! Les griffes de Ginger Spekulos s'abattirent sur la queue de Brute.

— Répète ça et on célèbre tes funérailles ce soir !

— Désolé, Ginger, hoqueta Brute.

Les autres pies reculèrent. Balafre trébucha sur Bandit qui trébucha sur Gozier qui trébucha sur Canaille. Et, de peur, Canaille fit une crotte sur laquelle ils glissèrent tous.

— Hê-ê-ek hê-ê-ek hê-ê-ek !

Les pies se relevèrent en se donnant des coups de bec. Ginger Spekulos attendit qu'elles cessent de jacasser et laissa partir Brute.

— Maintenant, fermez-la et suivez-moi !

Ils traversèrent la cour jusqu'à la Maison des Joyaux. La porte était entrebâillée, Ginger Spekulos ouvrit la marche. Dans une pièce sombre, il s'arrêta devant de grandes portes en fer. Elles protégeaient la chambre forte où les joyaux de la Couronne étaient entreposés.

— On y est !

Ginger poussa les portes. Les pies se crispèrent, craignant qu'une alarme stridente se déclenche, mais il n'y eut aucun bruit.

— Bien ! dit Ginger Spekulos, satisfait. Elle est désactivée. On dirait que la reine obéit. Quand on aura embarqué le trésor sur la péniche, on n'aura plus qu'à filer à l'aéroport.

— Où est l'aéroport ? demanda Jimmy.

— Plus loin, mais au bord du fleuve.

Ginger Spekulos sourit.

— Demain, à la même heure, on sera en Russie !

— C'est où ? murmura Balafre.

— Je ne sais pas, mais cela doit être ravissant, dit Bandit.

— Ouais ! Un chouette endroit de vacances avec du soleil et tout ! se réjouit Gozier.

— Super ! s'écria Bandit. Moi, près de ma chaise longue en Russie, je veux un cocktail avec une cerise et un petit parasol en papier !

— Bonne idée, dit Brute. On inventera un cocktail spécial pies !

— Qu'est-ce que vous diriez d'une Pie Colada ? gloussa Canaille.

— Bien trouvé !

Les pies recommencèrent à jacasser. Ginger Spekulos entra dans la chambre forte.

La pièce fut tout à coup inondée de lumière.

— HÊ-Ê-EK HÊ-Ê-EK HÊ-Ê-EK !

Les pies, paniquées, se mirent à sauter partout.

— Ne vous affolez pas, ce sont des lumières automatiques, dit Ginger Spekulos. Venez…

Tandis que les pies suivaient le chat à l'intérieur, Bandit s'arrêta net.

— Waouh ! C'est magnifiiiique !

Il contemplait les précieux trésors dans la vitrine.

— Regardez la couronne !

Les yeux de Jimmy Magpie s'illuminèrent.

— Les sceptres !

— Les bracelets !

— Les bagues !

Bandit restait le bec ouvert, Gozier et Canaille pleuraient, Brute reniflait.

— Je vois l'hermine ! jacassa soudain Bandit. Je dois être mort, c'est le paradis des pies !

BOUM !

— Qu'est-ce que c'était ? s'étrangla Ginger Spekulos.

Les pies regardèrent partout, terrifiées.

— Aaaah ! cria Balafre. C'est l'homme à la hache ! C'est son pas ! Il vient nous décapiter !

Il courut se réfugier derrière Jimmy.

— Vite ! Par ici ! dit Ginger Spekulos.

Il se précipita sous une vitrine, suivi par toutes les pies.

Bientôt, une ombre bossue se dessina sur un mur.

— Bonsoir, Ginger, dit une voix.

— C'est toi qu'il veut ! jasa Bandit.

Et il poussa le chat devant lui.

Ginger planta ses griffes dans le meuble-vitrine. Il tremblait de tous ses membres.

— La ferme, Bandit ! claqua Jimmy en lui donnant un coup de bec sur la tête. Vous êtes stupides, ou quoi ? Les fantômes ne parlent pas. Et je connais cette voix, ce n'est pas l'homme à la hache.

— Bonsoir… répéta la voix.

— Moi aussi, je la connais, siffla Ginger Spekulos.

Il bondit de sous la vitrine. Les pies restèrent prudemment derrière lui.

Un chat tigré de brun et de noir aux pattes blanches et à l'oreille abîmée se tenait devant eux, un bandana rouge autour du cou.

— Arsène Lagriffe ! cracha Ginger. Je savais qu'on se reverrait un jour.

— Tu as le culot de te pointer comme ça après ce que tu as fait au manoir Toffly ? jasa Jimmy Magpie.

— Qu'est-ce que tu veux ? grogna Ginger Spekulos.

Arsène hésita. Cela avait été facile de passer en rampant devant la bande et de se cacher dans la Maison des Joyaux. Cela avait même été amusant de voir Spekulos se tortiller de peur quand il l'avait pris pour un fantôme. Maintenant, cela devenait plus compliqué. Arsène avait besoin d'impressionner Spekulos. La seule façon d'obtenir son respect était de se faire passer pour un caïd.

Il tendit la patte et attrapa la pie la plus proche.

— Vous disiez que ce n'était qu'un chat de salon pourri dorloté, boss ! cria Brute.

Arsène le serra plus fort.

— Pas de chance, cracha-t-il. Me voilà redevenu cambrioleur ! Et si tu me traites encore une fois de chat de salon, je t'arrache les plumes une par une et je te fais frire dans de l'huile bouillante.

Brute gémit.

— Tu n'es qu'un lâche, Arsène Lagriffe, dit Jimmy. Tu nous as trahis pour sauver ta peau !

Arsène dégagea Brute d'un grand coup de patte arrière et avança vers Bandit.

— C'est exactement ça, Jimmy, répondit Arsène. Sauver sa peau, c'est ce qu'on attend du meilleur cambrioleur du monde, non ? Et puis j'ai cru que vous vouliez me doubler…

Arsène vit le doute traverser l'esprit de Jimmy. Cela se passait au mieux. Jimmy semblait gober son histoire. Il n'avait plus qu'à espérer convaincre Ginger Spekulos. Arsène attrapa Bandit.

— Pourquoi moi ? brailla Bandit. Pourquoi pas Balafre ?

— T'inquiète, c'est le prochain ! lança Arsène.

Il joua avec Bandit comme avec une boule de plumes.

— Jimmy, regarde les choses de mon point de vue, reprit Arsène. La seule façon de m'en sortir à Littleton-sur-Mer, c'était de faire ami-ami avec les Cheddar et de faire *semblant* de les aider à vous capturer.

Ces mots laissaient un goût amer à Arsène ; il avait l'impression de trahir les Cheddar. Il les aimait tous, surtout Michael et Lucie. Il ne devait pas penser à ça. Il lui fallait gagner la confiance de la bande. Il l'avait promis à la reine.

— Tu veux nous faire croire que tu n'es pas un animal domestique ? demanda Spekulos.

Arsène le regarda dans les yeux. D'un coup de patte, il envoya valser Bandit dans l'hermine.

BLAM !

— Moi ? Un animal domestique ?

Il eut un petit rire.

— Allez, Ginger, tu me connais mieux que ça, non ? Comment un chat entraîné par Zénia Klob pourrait-il s'abaisser à devenir un animal domestique ?

Il attrapa Balafre.

— Un chat cambrioleur reste un chat cambrioleur.

— Je ne te crois pas, grogna Jimmy.

— Au secours ! cria Balafre. Les pies, aidez-moi !

— Je m'en fiche que tu me croies ou pas, Jimmy, cracha Arsène. T'es qu'un oiseau ! C'est une histoire entre chats.

Il pendit Balafre par la queue.

Ginger Spekulos éclata de rire.

— T'es devenu un dur, depuis la dernière fois que je t'ai vu, s'écria-t-il.

— Ça, tu peux me croire ! dit Arsène en montrant ses crocs à Jimmy. Moi, je ne reçois pas d'ordres d'une pie !

Il fit tournoyer Balafre et le balança sur les couronnes.

— Tiens… Jamais je n'ai fait ça, dit Spekulos. Ça a l'air marrant. Je peux essayer ?

— Je t'en prie… dit Arsène.

Il se demanda ce qu'il ferait si Ginger Spekulos massacrait les pies qui restaient.

— À qui le tour ? demanda Ginger.

Gozier et Canaille tremblaient.

Ginger Spekulos s'approcha.

— Deux pour le prix d'un !

Et il envoya les deux pies droit sur la vitrine des bagues et des bracelets.

BING ! SPLATCH !

— Arrête de lancer mes pies ! lui cria Jimmy, furieux. On est dans la même équipe, je te rappelle ! HÊ-Ê-EK HÊ-Ê-EK HÊ-Ê-EK !

— Silence, Jimmy ! répondit Ginger. À moins que tu n'aies envie de te joindre à nous ? Arsène a raison, t'as pris la grosse tête. N'oublie pas que tu

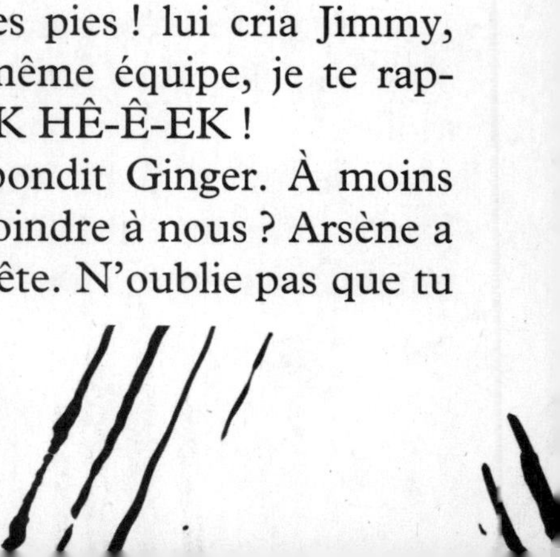

n'es qu'une pie. Y a que les chats qui donnent des ordres, ici !

Ginger Spekulos trottina vers Arsène et posa la patte sur son épaule.

— C'était impressionnant, ta tentative de cambriolage l'autre jour chez Toffany, ronronna-t-il.

Pendant un instant, Arsène fut troublé. Puis il comprit que Ginger Spekulos faisait la même erreur que l'inspecteur Cheddar ; il pensait qu'Arsène avait eu l'intention de voler la bague dans la bijouterie.

— Merci, grommela Arsène.

Recevoir un compliment de Ginger Spekulos était aussi agréable que manger son vomi. Il avait du mal à digérer, mais il s'obligea à sourire.

— Les bonnes techniques, ça ne s'oublie pas. Zénia m'a bien entraîné.

— À propos, elle n'était pas contente que tu la griffes, dit Ginger.

— C'était un accident ; j'étais énervé, je n'en pouvais plus d'être avec les Cheddar.

— Je te comprends, dit Ginger. Ils m'ont l'air d'une belle bande de casse-pieds, le genre qui ne te laisse pas cracher de l'estomac de rat sur une table.

— Ça non, confirma Arsène en serrant les crocs. Tu as vu juste. Mais n'en parlons plus. Je préfère me concentrer sur ce qui m'a fait venir ici.

Ginger plissa les yeux.

— Je veux en être ! dit Arsène.

— HÊ-Ê-EK HÊ-Ê-EK HÊ-Ê-EK !

D'un regard, Ginger Spekulos fit taire Jimmy.

— Pour moi, c'est d'accord, Arsène, répondit-il. J'ai toujours dit que je serais content de te revoir un jour. J'en ai plus qu'assez d'être avec les pies. Je t'emmène voir Zénia, mais je te préviens, elle est furieuse contre toi.

— Et si je lui apportais un cadeau ? proposa vite Arsène, se souvenant du plan de la reine.

— Bonne idée, dit Ginger Spekulos.

Il se tourna vers les joyaux étincelants.

— Choisis !

— Et l'alarme ?

— Coupée.

— Je vais prendre une des couronnes, annonça Arsène en s'approchant d'une vitrine. Je vais avoir besoin de quelque chose pour grimper.

— Ça, ça te va ?

Ginger Spekulos poussait déjà un lourd fauteuil à travers la pièce.

— Merci !

« Quel frimeur ! pensa Arsène. Il n'a pas changé ! »

Il sauta sur le fauteuil et fit semblant d'examiner la serrure.

— Ça va être du gâteau ! annonça-t-il en sortant les griffes de sa patte droite.

Délicatement, il commença à crocheter la serrure… Le silence était total. Arsène Lagriffe prenait un air très concentré.

— C'est bon ! dit-il.

Et la serrure céda.

Biiiiiiiiiiip… Biiiiiiiiiiip… Biiiiiiiiiiip… Biiiiiiiiiiip… Biiiiiiiiiiip… Biiiiiiiiiiip…

Biiiiiiiiiiip… Biiiiiiiiiiip… Biiiiiiiiiiip… Biiiiiiiiiiip… Biiiiiiiiiiip… Biiiiiiiiiiip…

Ginger Spekulos et les pies regardèrent partout, paniqués.

« Bingo ! » Arsène poussa un soupir de soulagement. L'alarme s'était déclenchée comme prévu, tout se déroulait selon le plan. Pour le moment.

— Vite ! cria-t-il. Les portes de la chambre forte se referment !

Il courut vers la sortie, Ginger et les pies sur les talons.

CLANG ! CLUNG ! CLANG ! Les grandes portes claquèrent derrière eux.

— Waouh ! s'écria Arsène en posant les pattes sur ses oreilles. Sacrée alarme ! Vous n'avez pas dit qu'elle était coupée ?

— C'est ce que je croyais, grogna Ginger Spekulos. Zénia ne va pas apprécier ! On s'en va !

13

Arsène et Ginger Spekulos quittèrent en courant la Maison des Joyaux, l'alarme sifflait toujours dans leurs oreilles.

Suivis par les pies qui jacassaient derrière eux, ils retraversèrent la cour, longèrent le mur, passèrent sous l'arche et retrouvèrent la rue pavée.

Il était temps de passer à la phase deux du plan de la reine.

— Où sont les corbeaux ? demanda Arsène. J'ai cru comprendre qu'ils étaient quelque part dans la Tour de Londres.

— Par là, répondit Ginger Spekulos.

Ils se glissèrent sous une porte en fer et descendirent quelques marches de pierre. Arsène s'inquiéta. « Pourquoi allons-nous vers le fleuve ? » Les corbeaux ne pouvaient pas être là-bas. Il commençait à craindre que Ginger tente de le noyer ;

malgré cela, il trouva le courage de continuer. Il n'était pas question de reculer. Derrière eux, les pies dégringolaient l'escalier.

Porte des Traîtres

Tout en bas, il y avait un embarcadère. L'eau était verdâtre. Arsène se retourna. Au-dessus de la porte qu'ils venaient de franchir était cloué un écriteau.

— C'est ici qu'arrivaient par bateau les prisonniers qui allaient être exécutés pour trahison, expliqua nonchalamment Ginger Spekulos.

— Fais attention, Arsène Lagriffe ! ricana Jimmy. Tu pourrais être le prochain.

La marée était basse. Ils pataugèrent le long de la rive. Les pattes blanches d'Arsène devenaient aussi foncées que le reste de son pelage. Les pies sautillaient, laissant leurs empreintes dans la boue.

— On arrive, dit Ginger Spekulos.

Il pointa de la patte une forme sombre, un peu plus loin sur le fleuve.

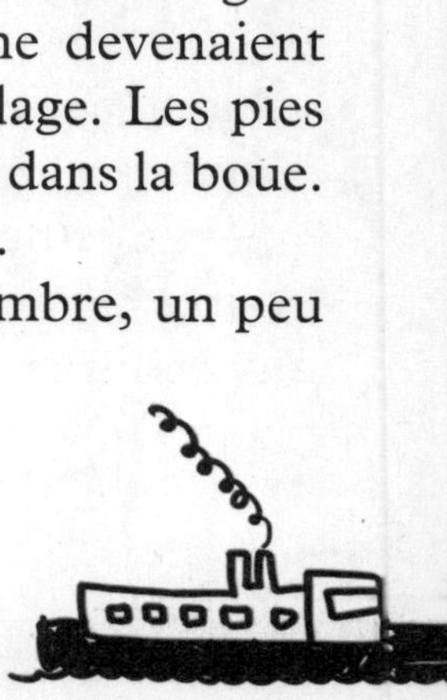

La péniche. « Bien sûr ! » C'était exactement dans ce genre d'endroits minables et puants que Zénia Klob aimait se terrer. Arsène aurait dû y penser quand il avait vu pour la première fois l'embarcation.

— Allez, monte ! s'écria Ginger.

Arsène grimpa péniblement l'escabeau, ses pattes glissaient sur les marches visqueuses. Enfin, il sauta sur le pont.

— Zénia est à l'intérieur, dit Ginger Spekulos.

Et il tint la porte de la cabine ouverte pour Arsène.

Celui-ci entra sans hésiter, le pas rapide, la tête haute.

Zénia Klob sembla à peine le remarquer. Elle avait revêtu son déguisement de Mildred Molotov et envoyait des épingles à cheveux se ficher dans une cible. Sur la table, Arsène repéra une bouteille étiquetée « Somnifère ». Juste à côté, il y avait celle de la marque Thumpers, qui contenait la teinture noire que Klob avait utilisée pour transformer les pies en corbeaux.

Arsène lut l'adresse sur l'étiquette : « 12, rue des Douves ». Le magasin était tout près ! Là où il avait senti la bonne odeur des *fish and chips*. Zénia n'était pas allée chercher le matériel bien loin.

— Je suis terriblement désolé, mademoiselle Klob… Il y a eu un dysfonctionnement électrique à la Maison des Joyaux…

Arsène sursauta. Zénia Klob avait mis son téléphone sur haut-parleur et le directeur de la police lui parlait depuis le palais. La phase deux du plan de la reine avait commencé !

Arsène devait à présent s'assurer que les corbeaux étaient en bonne santé ; les Cheddar s'occuperaient du reste.

— Qu'appelez-vous un dysfonctionnement électrrrique ? cria Zénia Klob. Je vous ai dit de couper l'alarrrme, ou sinon…

TCHAC ! L'une de ses épingles à cheveux rebondit sur la cible et atteignit Bandit.

— Je crois que je vais mettre fin à ma vie de criminel, gémit Bandit.

Et il s'écroula.

— Sa Majesté vous envoie une équipe d'électriciens, dit le directeur de la police d'une voix mielleuse. Ils devraient arriver d'une minute à l'autre. Ils seront dans un van blanc. Je suis certain qu'ils répareront tout très vite.

— Ils ont intérêt ! grogna Zénia. Si vous et votrrre reine voulez revoirrr vos corrrbeaux !

Elle raccrocha.

Ses petits yeux de fouine fixèrent alors Arsène.

— Qu'est-ce que tu fais là, toi ?

— Miaou !

Rassemblant tout son courage, Arsène s'approcha de Zénia et frotta ses moustaches contre ses bottines.

— Oh ! je t'ai manqué, dit-elle en se penchant pour le caresser. Tu ne trrrouves pas cela trrrès mignon, Ginger ?

Ginger Spekulos émit un miaulement qui pouvait signifier oui, ou non.

« C'est du Ginger Spekulos tout craché, pensa Arsène. Il peut sembler d'accord, mais me trancher la gorge dès qu'elle aura le dos tourné. » C'était peut-être un piège.

— Moi, je ne trrrouve pas ! s'écria Klob.

Elle attrapa Arsène par la peau du cou et le souleva. Il se balançait sans rien pouvoir faire devant elle. Zénia le tenait par le nœud de son bandana. Elle l'étranglait ! Il entendait les pies rire dans la cabine. Hê-ê-ek hê-ê-ek hê-ê-ek ! C'était tout ce que Jimmy et sa bande espéraient. Même Bandit s'était réveillé pour regarder.

— Tu m'as grrriffée, sale bête ! cria Zénia. J'ai bien envie de laisser Ginger te tuer ! Est-ce que tu en as envie, Ginger ? Maintenant que tu n'as plus de rrrats... Je suppose que c'est pour ça que tu as amené Arsène ? Tu avais un petit crrreux ?

Arsène eut un haut-le-cœur. Il avait l'impression que ses yeux sortaient de leurs orbites.

Il y eut un éclair de fourrure rousse. Chlac ! Arsène tomba sur le sol de la cabine, son bandana étalé près de lui, en deux morceaux.

— Si tu le tues à l'intérieur, dit Zénia Klob avec l'air de s'ennuyer, attention à ne pas mettrrre trrrop de bazar, Ginger. Les taches de sang sont difficiles à enlever sur les tapis !

Arsène se redressa. Il savait qu'il n'avait pas la moindre chance si Ginger Spekulos attaquait, cependant il n'allait pas mourir sans combattre.

Stupéfait, il vit Spekulos s'installer tranquillement sur le canapé, défaire son collier, prendre la bouteille de somnifère et commencer à y tremper ses clous.

— Tu te rrramollis, Spekulos ! s'écria Klob. Ce n'est pas ton genrrre de donner à quelqu'un une seconde chance !

Spekulos grogna.

Klob haussa les épaules.

— OK, on le garde, dit-elle. Ça nous fera des pattes en plus. Et, surtout, des griffes ! Car je viens de décider de tuer les corbeaux quoi qu'il arrive. Même dans le cas où la reine ferait tout ce que je lui demande.

Arsène frissonna.

Ginger Spekulos se mit à ronronner. Il s'étira et se roula en boule.

— Je me doutais que ça te ferrrait plaisir, Spekulos ! ajouta Zénia. Cela apprendra à nos ennemis à ne pas jouer avec notre patience. Ah, j'adorrrerais voir la tête de Sa Majesté quand elle apprendra que la Grande-Bretagne est une rrrépublique. Il faudra que je pense à diffuser quelques chants révolutionnairrres ! Allez, je vais grrriller quelques auberrrgines pour fêter ça, mes amis !

Les oreilles d'Arsène s'affaissèrent. Pas à cause des chants révolutionnaires ou de l'odeur des aubergines, bien que ce soit épouvantable. Zénia Klob voulait tuer les corbeaux ! Ce n'était pas prévu dans l'excellent plan de la reine. Arsène Lagriffe sentit monter la panique. Il ne savait plus quoi faire.

Pour qu'il sèche, Ginger Spekulos avait posé son collier sur la table. Il descendit du canapé et s'approcha d'Arsène.

— T'as de la chance, je suis de bonne humeur, lui dit-il à l'oreille. Sinon, t'étais mort.

— Oui, merci… murmura Arsène.

— Tu veux savoir pourquoi je t'ai laissé vivre ? demanda malicieusement Ginger.

— Oui…

Arsène avait un nœud à l'estomac.

— Parce que je vais te tester ! répondit Ginger. C'est *toi* qui vas tuer les corbeaux. C'est l'occasion de me prouver que tu as vraiment changé !

— Et si je refuse ? dit Arsène. Vous aurez bientôt les joyaux de la Couronne, vous n'avez pas besoin de tuer les corbeaux. C'est du temps perdu.

— Oooh, Arsène…

Ginger Spekulos lui souffla dans les narines. Son haleine empestait le rat.

— C'est ce genre de paroles idiotes qui peuvent t'attirer de très gros ennuis. N'importe qui croirait que tu ne VEUX PAS les tuer.

Il secoua tristement la tête.

— J'ai entendu dire que mourir noyé était très désagréable. Surtout pour un chat.

— HÊ-Ê-EK HÊ-Ê-EK HÊ-Ê-EK ! Coule-le ! Noie-le ! jacassèrent les pies, surexcitées.

Sans savoir comment, Arsène parvint à rire.

— Je blaguais !

Il sortit ses griffes comme il avait vu Ginger le faire, lentement, une à une. TCHIC, TCHIC, TCHIC, TCHIC.

— Maintenant, montre-moi où vous gardez les bestioles, dit-il en montrant les crocs. J'ai hâte de commencer !

14

Ginger Spekulos et Arsène reprirent seuls le chemin boueux vers la Porte des Traîtres. Zénia avait ordonné aux pies de rester dans la péniche. La marée montait vite et les deux chats pataugeaient. Arsène entendait les clapotis au pied de la Tour.

— Dépêche-toi ! dit Ginger Spekulos. Nous devons monter les marches avant que le fleuve ne soit trop haut.

L'eau atteignait déjà le ventre d'Arsène.

— Comment allez-vous… demanda-t-il. Euh, je veux dire… Comment allons-nous transporter les joyaux ?

— C'est simple, répondit Ginger. Zénia ouvrira la Porte des Traîtres et laissera dériver la péniche jusqu'à l'escalier.

— Tu n'as pas peur que les flics vous… nous poursuivent si nous tuons les corbeaux ?

Arsène cherchait à tout prix un moyen de le faire changer d'avis.

— Ils ne nous rattraperont jamais ! La péniche va aussi vite qu'une fusée ! Zénia l'a fait équiper d'un turboréacteur russe.

Arsène traînait, ses pattes s'engluaient dans la boue.

— Vous êtes certains qu'on ne prend pas trop de risques ?

— Arrête de t'inquiéter, Arsène !

Ginger Spekulos paraissait exaspéré.

— Zénia prépare cette opération depuis des mois, dit-il avec fierté. Nous sommes préparés à tout !

« Sauf aux fantômes », pensa soudain Arsène.

Ils passèrent la Porte des Traîtres et grimpèrent les marches au pas de course.

— Par ici ! siffla Ginger.

En tête, il reprit la ruelle pavée, franchit l'arche et tourna brusquement à gauche.

Arsène venait de comprendre où ils se rendaient. Il aurait dû y songer plus tôt ! C'était exactement le genre d'endroit que Ginger Spekulos pouvait choisir pour cacher les corbeaux.

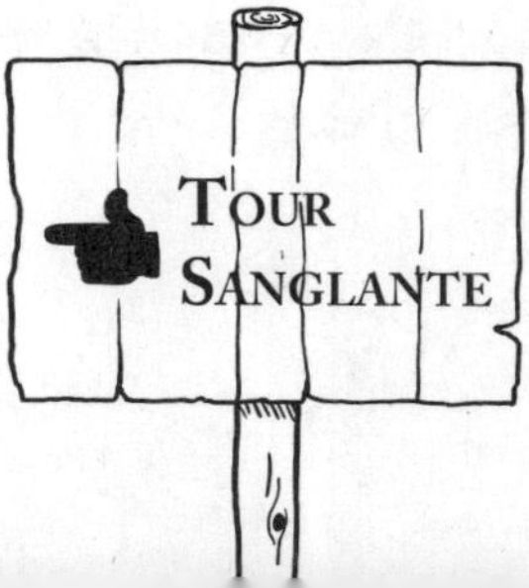

— Joli nom, n'est-ce pas ? plaisanta Ginger Spekulos. Tout à fait approprié pour ce que nous avons en tête.

« Ce que TU as en tête ! », pensa rageusement Arsène.

— Ils sont là-dedans…

Spekulos le précéda dans un escalier en colimaçon. Les yeux d'Arsène s'adaptaient peu à peu à l'obscurité. La grande salle était vide, seulement meublée par d'épais rideaux retenus ouverts par des cordes.

Ginger se dirigea vers un renfoncement dans un angle de la pièce.

— Où tu vas ? demanda Arsène. Ils ne sont quand même pas dans une cheminée ?

Il se força à rire.

— C'est le dernier endroit où cacher un corbeau ! Tu es sûr qu'ils ne peuvent pas s'enfuir ?

— Ouais, j'en suis sûr, affirma Ginger Spekulos. La reine est toujours sur le trône, non ?

Il sourit comme s'il était sur le point de partager un méchant secret avec Arsène.

— Ce n'est pas une cheminée, reprit-il en soulevant une planche. Ce sont les toilettes !

Cela ressemblait davantage à un banc de bois percé d'un trou circulaire.

— Ils appelaient ça une *garde-robe*, c'est un mot français. Tu veux jeter un œil ?

— Non merci !

Arsène grimaça. Lui qui aimait son intimité quand il faisait ses besoins ne pouvait pas imaginer faire ça dans cette salle !

— Alors où sont les corbeaux ?

— Au fond du trou, ricana Ginger. Je les ai balancés là quand on les a échangés avec les pies. L'un après l'autre. Plop ! plop ! plop !

— Comment on va les récupérer pour les tuer ? demanda Arsène.

Ginger cligna des yeux.

— Y a pas de *nous*, Arsène ! *Tu* vas aller les chercher !

— Ah, non, non, non ! Je ne descendrai pas là-dedans ! On ne sait même pas où ça débouche.

— Si, si, siffla Ginger. Ça donne sur un grand réservoir à crottes. Je pense qu'à l'époque le fleuve le lavait à grande eau, mais il ne monte plus aussi haut. Ou alors, quelqu'un nettoyait à la pelle. Ne t'inquiète pas, c'est propre maintenant.

— Comment je vais ressortir une fois que je les aurai tués ?

Arsène paniquait, il ne supportait les espaces confinés.

— Soit tu escalades pour remonter, c'est ce que j'ai fait, répondit Ginger Spekulos en exhibant ses muscles. Soit tu ressors par les douves.

— Les douves ? Ça communique ? s'étonna Arsène.

— Ouais, je l'ai découvert par hasard un jour où je chassais les rats. Je me suis retrouvé dans un gros tuyau, j'ai continué, continué… jusqu'au réservoir à crottes ! J'ai escaladé pour remonter et j'ai vu qu'on arrivait ici.

Il ramassa une allumette qui traînait sur le sol et se mit à la mâchouiller.

— Quand Zénia m'a demandé de cacher les corbeaux là où aucun *humain* ne pourrait les trouver, j'ai repensé au réservoir. C'était pile ce qu'il nous fallait ! ricana Ginger Spekulos. Qui songerait à fouiller d'anciennes toilettes ? À part Canaille, bien sûr !

— Personne, le flatta Arsène. C'est drôlement bien réfléchi !

Une idée prenait forme dans son esprit. Le trou menait au réservoir, le réservoir menait au tuyau, le tuyau menait aux douves. Des douves il n'y avait qu'un petit sprint à piquer jusqu'au magasin où l'on vendait la teinture Thumpers. S'il pouvait faire l'aller-retour sans que Ginger Spekulos ou les pies s'en rendent compte, il avait une chance de sauver les corbeaux.

Arsène se tint au-dessus du trou et renifla prudemment. Cela sentait l'humidité, mais cela semblait propre.

— OK, j'y vais !

Arsène passa d'abord les pattes arrière. Il chercha une prise, mais les parois étaient lisses.

La tête de Ginger surgit au-dessus de lui.

— Tu ne vas pas tomber de bien haut ! s'écria Ginger. Et, de toute façon, il te reste encore huit vies !

Arsène esquiva son coup de patte. Les griffes de Ginger Spekulos effleurèrent son oreille abîmée. Pendant une fraction de seconde, il se demanda à nouveau si ce n'était pas un piège. Rien ne prouvait que les corbeaux étaient cachés là. Ginger l'avait peut-être attiré dans la Tour Sanglante pour le tuer en le jetant dans les toilettes royales sur un tas de crottes puantes vieilles de quatre cents ans. Une mort répugnante, parfaitement au goût du chat roux ! Arsène sentit que ses pattes ne tiendraient plus très longtemps. Au même moment, il entendit un cri en dessous de lui.

— Croaaa !

Les corbeaux ! Arsène ferma les yeux et lâcha prise. Il se sentit tomber et atterrit sur la terre battue. VLAN ! Il vérifia qu'il n'avait rien de cassé et se releva lentement. Il était quelque part sous la

Tour, dans une petite cave voûtée. Les murs de pierre étaient usés par les marées du temps où l'eau atteignait ce niveau. Arsène vit tout de suite l'entrée d'un tuyau d'à peu près un mètre de diamètre. Exactement ce que Spekulos avait décrit. Les six corbeaux étaient attachés à un rocher.

— Ne les tue pas maintenant !

La voix de Ginger Spekulos résonna dans le puits.

— On attend d'abord les électriciens. Quand les joyaux seront à bord, je te donnerai l'ordre !

— Où est-ce que tu vas ? cria Arsène.

— Sur la péniche aider Zénia, répondit Spekulos. Souviens-toi, Arsène, si tu ne fais pas ton boulot, je le ferai moi-même !

Les corbeaux regardaient Arsène, la mort dans l'âme. Ils semblaient ne plus avoir la force de se battre.

« Ils n'ont sans doute rien mangé depuis ce matin. »

Être séquestré dans un réservoir à crottes et ligoté à un rocher par une brute de chat, il y avait de quoi avoir le moral à zéro.

— Et ensuite je te tuerai *toi* ! ajouta Ginger.

Il n'y eut plus un bruit dans le réservoir. Arsène attendit d'être certain que Ginger soit parti avant d'avancer vers les corbeaux. Il s'arrêta devant le plus grand et sortit ses griffes.

— Tu as entendu ton copain ! croassa le corbeau. Tu dois attendre son ordre !

— Ne t'inquiète pas, murmura Arsène, ce n'est pas mon copain. Et je ne suis pas là pour vous tuer, je vais vous sortir d'ici. Mais vous devez me promettre que vous aiderez à sauver le Trône !

— Je m'appelle Georgina, se présenta le corbeau. Bien sûr, que nous le promettons ! Mais que veux-tu qu'on fasse ? Nous ne pouvons pas lutter contre le chat roux !

— On ne va pas le combattre, dit calmement Arsène. On va lui faire très peur !

Les corbeaux le fixèrent.

— Ginger Spekulos a une peur panique des fantômes, expliqua Arsène. Quand il me donnera l'ordre de vous tuer, je dirai que c'est fait. Et ça fera de vous des fantômes !

— Il ne le croira pas, gémit Georgina. Les fantômes sont blancs, nous sommes tout noirs.

— Pas pour longtemps, répondit Arsène en souriant.

Il libéra les corbeaux un à un.

— Attendez mon retour, ordonna-t-il. Je me dépêche.

— Où vas-tu ? demanda Georgina.

— Chercher une bouteille de teinture blanche pour barbe.

— De la teinture pour barbe ? croassèrent en chœur les corbeaux.

— Ne vous inquiétez pas, dit Arsène. Ça marche aussi sur les plumes. Vous serez les fantômes les plus effrayants que la Tour de Londres ait jamais vus !

— Croaaa ! Croaaa !

Fous de joie, les corbeaux chantaient déjà victoire.

— Nous allons offrir à Ginger Spekulos la peur de sa vie !

Arsène s'engagea dans le tuyau et disparut.

15

Le van blanc des électriciens franchissait le pont au-dessus des douves de la Tour de Londres. Le conducteur ouvrit la fenêtre.

— Remontez la herse ! cria-t-il. Nous venons désactiver le système de sécurité !

Il y eut un bruit sourd et un long grincement quand la grille s'éleva.

Le conducteur serra les fesses. Au-dessus d'eux, les piques de la herse les menaçaient comme une rangée d'énormes dagues.

— Attention ! papa, l'avertit une voix à l'arrière du van. Il ne faudrait pas qu'elle retombe sur nous !

— C'est bien à ça qu'elle servait à l'époque, murmura une autre voix. Ensuite, ils versaient sur les attaquants de l'huile bouillante !

— Chuuut…

La personne assise à la place du passager posa un doigt sur ses lèvres.

— Laissez votre père tranquille, il doit parler à Zénia Klob !

Le van remonta la rue pavée qu'Arsène et Ginger Spekulos venaient d'emprunter. Il tourna à gauche, roula sous l'arche, se dirigea lentement vers la Maison des Joyaux et s'arrêta.

— Vous êtes prêts ? demanda le conducteur.

Les trois passagers hochèrent la tête. Sans bruit, les électriciens, habillés de blouses bleues et de casquettes baissées sur les yeux, sortirent du van. Ils se mirent à décharger de très grandes caisses à outils.

— Où est-elle ? murmura le conducteur en transportant deux caisses ensemble en haut des marches.

— JE SUIS LÀ ! MAIS VOUS NE POUVEZ PAS ME VOIRRR !

La voix de Zénia Klob retentit dans la cour.

— Elle utilise un mégaphone ! chuchota l'un des électriciens.

— EXACT ! Et j'ai aussi branché mon superrr-récepteur de fabrication rrrusse, alors j'entends tout ce que vous dites !

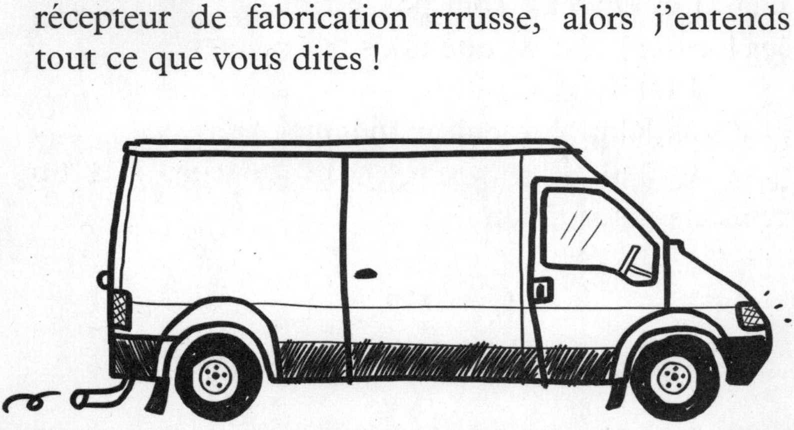

Klob ricana et cria encore :

— QU'Y A-T-IL DANS CES CAISSES ?

— Des outils ! répondit le conducteur du van. Des outils pour réparer la panne.

— Vous n'avez pas intérrrêt à mentir, hurla Zénia Klob, ou c'est vous qui aurez besoin d'être rrréparés !

— Je ne mens pas ! cria le conducteur. C'est la reine qui nous envoie.

Puis il se tourna vers les autres.

— Allons-y !

— PAS SI VITE ! hurla Zénia. Attendez Spekulos ! Il va vous accompagner pour s'assurrrer que vous n'essayez pas de me jouer un tourrr !

Le conducteur du van hésita.

— Euh…

— QU'EST-CE QUE VOUS DITES ? Je n'entends rrrien !

— C'est impossible ! cria vite un autre électricien. Les chats ne sont pas autorisés à entrer dans les locaux pendant que nous travaillons.

— POURQUOI ?

Zénia Klob devenait méfiante.

— Question de santé et de sécurité, cria un troisième électricien.

— Qu'est-ce qu'il a dit, le minus ? s'agaça Klob. Mon mégaphone doit faire des interférrrences avec mon superrr-récepteur, je n'ai pas compris. Rrrépète !

Les électriciens échangèrent un regard.

— Vite ! Trouvez une idée, chuchota le plus bas possible le conducteur.

— C'est à cause du phénomène d'électro-chatcution ! Mortel pour les chats ! cria le quatrième électricien.

Zénia Klob hurla dans le mégaphone une incroyable farandole de gros mots en russe.

— C'EST BON, VOUS POUVEZ Y ALLER ! finit-elle par dire. Mais n'y passez pas la nuit ! Dès que j'ai rrréparé mon rrrécepteur, je viens cherrrcher mes joyaux !

Les électriciens disparurent avec leurs grandes caisses dans la Maison des Joyaux. Ils refermèrent la porte derrière eux et ôtèrent leurs casquettes.

— Ouf !

L'inspecteur Cheddar s'appuya quelques instants contre la porte.

— On a eu chaud ! dit Mme Cheddar.

— J'ai bien cru qu'elle allait nous attaquer aux épingles à cheveux ! s'écria Michael.

— Heureusement que Ginger Spekulos n'est pas arrivé, ajouta Lucie.

L'inspecteur Cheddar regarda sa montre. Il était un peu plus de minuit.

— Nous ferions mieux de nous y mettre, dit-il.

CLANG ! CLING ! CLANG ! Les portes en fer s'ouvrirent en grand et ils entrèrent dans la chambre forte.

— Un coup de chance que Klob n'ait pas découvert que tout le système électrique est contrôlé depuis le palais de Buckingham, murmura Mme Cheddar.

L'inspecteur commença à déballer les caisses.

— Quand elle croira que l'alarme est désactivée, Klob va foncer ici comme un boulet de canon ! soupira-t-il.

Il sortit d'une caisse un sceptre et une couronne en tout point identiques à ceux qui étaient exposés dans une vitrine.

— Installons les faux joyaux et chargeons les vrais dans les caisses, dit l'inspecteur.

Il admira la couronne un instant.

— Sa Majesté a eu une idée formidable, s'exclama-t-il. Échanger les joyaux comme Klob a échangé les corbeaux !

— Où est Arsène ? s'inquiéta Michael. Il devait nous retrouver ici.

— Tu penses qu'il va bien, maman ? J'ai peur pour lui ! dit Lucie.

— J'en suis certaine, répondit Mme Cheddar. Arsène sera là d'une minute à l'autre. Il connaît le plan.

Elle prit un passe dans sa poche. Toutes les vitrines furent très vite déverrouillées.

En silence, les Cheddar substituèrent les faux joyaux de la Couronne aux vrais. La dernière pièce échangée fut la cape en fourrure d'hermine.

— Tu penses que Klob se laissera berner ? demanda Mme Cheddar à son mari en déposant avec précaution la fausse fourrure sur un mannequin.

— J'en suis sûr, dit l'inspecteur Cheddar. Elle ne se rendra compte de rien avant d'être arrivée en Russie.

— Maman, je m'inquiète de plus en plus pour Arsène ! gémit Lucie.

— Moi aussi, renchérit Michael. Il devrait être là, maintenant !

— J'espère qu'il nous attend au van, répondit Mme Cheddar.

Elle commença à verrouiller les vitrines. L'inspecteur Cheddar regarda autour de lui.

— On remballe les vrais joyaux et on sort d'ici en vitesse ! s'exclama-t-il.

Ils entassèrent les inestimables trésors dans les caisses et refermèrent soigneusement les couvercles.

Les membres de la famille Cheddar, la visière de casquette rabattue sur les yeux, quittèrent la chambre forte. Dans la nuit faiblement éclairée par la lune, ils descendirent les marches, peinant sous le poids des caisses.

— Nous avons fini, Klob ! s'exclama l'inspecteur Cheddar. La panne est réparée !

Il n'obtint aucune réponse.

— Vous pouvez venir prendre les joyaux de la Couronne ! dit-il en déposant les lourdes caisses à côté du van.

Le silence était complet.

— Allez-y ! insista l'inspecteur. Venez vous servir !

Pas le moindre grésillement.

— Où est-elle, papa ? murmura Michael.

— Je ne sais pas…

L'inspecteur Cheddar ouvrit la porte arrière du van et chargea les caisses. Le van s'abaissa sous le poids. Il y eut soudain un long sifflement.

— Qu'est-ce qui se passe ? s'inquiéta Mme Cheddar.

Son mari avait pâli.

— On dirait qu'on a crevé un pneu !

Michael s'accroupit sous le van.

— Dis plutôt les quatre, papa !

— Et Arsène qui n'est toujours pas là, renifla Lucie.

L'inspecteur Cheddar se grattait le front.

— Mais comment est-ce arrivé ?

— Aucune importance, chéri, répondit Mme Cheddar. La question est : qu'allons-nous faire maintenant ?

— Moi, je reste ici pour surveiller les joyaux, décida l'inspecteur. Vous, vous retournez au palais pour expliquer au directeur de la police ce qui s'est passé. Dites-lui d'envoyer une dépanneuse, et vite. Si Klob se montre, je lui expliquerai que je dois attendre qu'on me remorque.

— Enfin, chéri ! protesta Mme Cheddar. Si elle t'endort à coups d'épingle ?

— Tant pis, je prends le risque, répondit bravement l'inspecteur. Tout ce qui compte, c'est qu'elle ne découvre pas que nous avons échangé les joyaux avant qu'elle soit dans son avion pour la Russie.

Lucie se mit à pleurer.

— Pourquoi Arsène ne revient pas ? Il lui est arrivé quelque chose !

Michael ravala ses larmes.

— Ne t'inquiète pas, Lucie. On le trouvera peut-être en repartant.

Mais il pensait la même chose que sa petite sœur. « Et si Spekulos lui avait fait du mal ? »

Mme Cheddar prit la main de ses enfants.

— Arsène sera bientôt parmi nous, dit-elle avec conviction. Il nous rejoindra s'il nous voit sortir, sinon votre père l'attendra. Venez, allons chercher de l'aide !

Ils se mirent en route pour le palais. Ils disparurent bientôt dans la pénombre et l'inspecteur Cheddar se retrouva seul.

16

Scriiiiiiiiiiiiiik ! Blong ! Blong !

L’inspecteur Cheddar, nerveux, regarda autour de lui. Dans le guide touristique, il avait lu toutes les histoires des fantômes de la Tour. Sa gorge se serra. Ce n’était pas le pas lourd de l’homme à la hache… ni la femme hurlante… ni le cliquetis des chaînes de l’ours. Anne Boleyn sans sa tête ne pouvait pas faire autant de bruit… Est-ce que cela pouvait être le grincement du chariot fantôme qui emmenait les prisonniers à leur bourreau ? Ou, pire, celui de la roue de la brouette transportant leurs corps décapités ?

« Non, Cheddar, tu es en train de confondre avec la Révolution française ! Reprends-toi ! »

Il se donna une claque.

Scriiiiiiiiiiiiiik ! Blong ! Blong ! Scriiiiiiiiiiiiiik !

L’inspecteur frissonna. Il était si pâle qu’on aurait pu le prendre lui-même pour un fantôme !

Quelque chose approchait, là, dehors, dans le noir, qu'il ne pouvait même pas imaginer.

— Qu'est-ce que vous me voulez ? cria-t-il en tremblant.

Scriiiiiiiiiiiiiik ! Blong ! Scriiiiiiiiiiiiiik !

— Faites gaffe, je suis ceinture jaune de karaté !

Il esquissa quelques prises dans le vide.

Scriiiiiiiiiiiiiik ! Blong ! Blong !

— Montrez-vous ! Je suis…

Il faillit révéler qu'il était officier de police, et s'interrompit à temps. Zénia Klob pouvait être en train de l'écouter avec son super-récepteur russe.

— Je suis… un électricien du palais de Bukingham, dit-il sans conviction.

Scriiiiiiiiiiiiiik ! Blong ! Scriiiiiiiiiiiiiik !

L'inspecteur Cheddar allait s'évanouir quand apparut un grand chariot de nettoyage. Il contenait deux poubelles et quelques brosses. Il était poussé par un homme chauve en salopette et veste orange vif.

L'homme se dirigea vers le van.

— Eh ben ! s'exclama-t-il. Vous avez l'air de quelqu'un qui a besoin d'aide !

À la grande surprise de l'inspecteur, l'homme lui fit un clin d'œil et s'avança pour regarder ce qu'il y avait à l'intérieur de la camionnette.

— On dirait que vous avez là-dedans de *trrrès précieux outils*, dit l'homme, le nez à la vitre arrière.

— Euh…

— Ça serait dommage qu'on vous les *vole*, non ?

Une idée surgit dans la tête de l'inspecteur Cheddar.

— J'ai compris ! C'est la reine qui vous envoie, hein ? murmura-t-il.

L'homme lui fit signe qu'il avait vu juste en hochant la tête.

— Qu'est-ce qu'on va faire ? demanda l'inspecteur.

— Chuuut… répondit l'homme. Klob pourrait être en trrrain de nous écouter. J'ai des instrrructions…

Il tendit un morceau de papier froissé à l'inspecteur Cheddar et sortit une lampe de poche de sa veste. Il éclaira le message pour que l'inspecteur puisse lire.

— Sinon quoi ? s'étonna l'inspecteur Cheddar.

Ce n'était pas le genre de mot auquel on pouvait s'attendre de la part de Sa Majesté.

— Sinon Klob comprrrendra que vous avez échangé les joyaux, s'impatienta le concierge. Dans ce cas, elle pourrrait bien vous endorrrmir avec ses épingles à cheveux. Et dépêchez-vous, je n'ai pas toute la nuit !

L'inspecteur Cheddar hésita un instant. Puis il se dit que la reine avait sans doute mis au point un nouveau plan. Penser à envoyer en renfort un faux concierge au cas où le van tomberait en panne, c'était un pur coup de génie royal !

L'inspecteur Cheddar commença à décharger le van.

— Mettez-les là-dedans ! L'autrrre est pleine.

Le concierge désigna l'une des grandes poubelles de son chariot et l'inspecteur commença à sortir les caisses.

— Plus vite, marmonna le concierge. J'ai autrrre chose à faire, moi !

— Ça pèse des tonnes, grogna l'inspecteur. Je fais ce que je peux…

Impatient, le concierge tapait du pied, avec ses grosses bottes à semelles cloutées.

— J'ai terminé, dit l'inspecteur Cheddar en déposant la dernière caisse dans le chariot.

— Il était temps ! s'écria le concierge.

— Est-ce que vous voulez que je pousse le chariot ? proposa aimablement l'inspecteur.

L'homme lui semblait trop âgé pour déplacer quelque chose d'aussi lourd.

— Pas la peine, je me débrrrouille !

Il repartit aussitôt, en direction du fleuve. Il marchait si vite que l'inspecteur Cheddar dut courir pour le rattraper.

— Attendez-moi !

Ce vieux concierge tenait une forme olympique !

— Excusez-moi…demanda l'inspecteur, tout essoufflé. À quelle unité de police appartenez-vous ?

— Euh… SAS ! Septuagénaires Agents Secrets ! On est spécialement entraînés pour ce type de mission.

Les bottes à clous du concierge résonnaient sur les pavés. Il accéléra le pas.

Ils arrivaient à la Porte des Traîtres.

— À parrrtir d'ici, je continue seul, dit soudain le concierge.

Il cessa de pousser le chariot et leva la tête.

— Vous, vous allez fairrre une petite sieste !

— Qu'est-ce que vous voulez dire ? dit l'inspecteur Cheddar, interloqué. Une sieste ? Maintenant ?

Avec horreur, il vit tout à coup le concierge s'arracher la peau du crâne ! Et il pâlit en découvrant la chevelure grise et les épingles plantées dedans, qui scintillaient sous la lune.

— Klob ! s'étrangla l'inspecteur.

— Surprise !

— AÏE !

L'inspecteur Cheddar, qui avait reçu une épingle en pleine poitrine, s'écroula.

— Imbécile ! ricana Klob. Qu'est-ce que tu as crrru ? Qu'on pouvait trrromper la grande Zénia Klob, maîtrrresse du déguisement, avec un tas de faux joyaux ! Viens vite, Spekulos, allons mettrrre le butin à l'abrrri !

Une tête rousse sortit de la deuxième poubelle.

Klob traîna l'inspecteur jusqu'à un petit poste de garde et fit claquer ses talons.

— Voilà ! Mon sanguinairrre minet, nous n'avons plus qu'à charrrger la péniche. Ensuite, tu pourrras aller retrrrouver Arsène et les corrrbeaux.

Zénia lui fit un clin d'œil.

— Tu sais ce que tu as à fairrre, Ginger ?

— RRR RRR RRR RRR...

Ginger Spekulos montra les crocs.

Zénia Klob attrapa une grosse araignée sur le chariot et l'offrit à Ginger.

— Souviens-toi qu'Arsène a été trrrès, trrrès méchant, dit-elle. Cette fois, ne te contente pas de lui abîmer une orrreille !

Elle sourit en voyant l'araignée disparaître dans la gueule de Ginger.

— Déchiquette tout le reste !

17

Mme Cheddar, Lucie et Michael étaient presque arrivés à la station de métro.

Lucie pleurait toujours.

— Je ne veux pas laisser Arsène ! Il ne va jamais nous retrouver !

— Je m'inquiète aussi pour lui et pour ton père, dit Mme Cheddar, mais nous devons rentrer demander de l'aide !

Michael jeta un regard derrière lui. La Tour de Londres se dressait dans la nuit, sombre, immense et effrayante.

Il aperçut soudain la silhouette d'un animal qui courait dans l'herbe en direction des douves et longeait l'enceinte. Michael s'arrêta pour le regarder plus attentivement. Ses pattes blanches se distinguaient sous la lune. Il avait quelque chose autour du cou. Le garçon pila.

— Regardez ! On dirait Arsène ! s'écria-t-il en pointant le doigt.

— Je ne vois rien, répondit Mme Cheddar.

Elle fronça les sourcils, mais l'animal avait disparu.

— Je vous promets que je l'ai vu ! insista Michael. J'en suis sûr !

— Ce n'était peut-être qu'une ombre, suggéra Mme Cheddar.

— Non ! C'était lui, je te dis ! J'ai reconnu ses pattes.

— Est-ce qu'il avait son bandana ? demanda Lucie en reniflant.

— Non, mais il avait quelque chose autour du cou.

Mme Cheddar semblait sceptique.

— Comment serait-il arrivé là ?

— Il pourrait y avoir un tunnel, dit Lucie.

Elle s'était brusquement arrêtée de pleurer et ses yeux brillaient d'excitation.

— Oui ! Un tunnel secret menant des douves au château ! s'exclama-t-elle. Peut-être qu'Arsène a déjà sauvé les corbeaux et qu'il essaie de s'échapper ?

— Mais non, dit Michael, j'ai vu la direction qu'il prenait. Il ne quittait pas la Tour de Londres, il y retournait !

Mme Cheddar secoua la tête.

— Je ne comprends pas… S'il est dehors, c'est qu'il a déjà sauvé les corbeaux, alors… pourquoi irait-il par là ?

— Il n'y a qu'un seul moyen de le savoir ! s'exclama Michael.

Il fit demi-tour et se mit à courir.

— Michael ! cria Mme Cheddar. Qu'est-ce que tu fais ?

— Je vais aider Arsène et papa ! répondit-il sans se retourner.

— Moi aussi ! dit Lucie en se précipitant derrière son frère.

— Mais vous oubliez Zénia Klob et Ginger Spekulos ! gémit Mme Cheddar.

— Si la reine n'a pas peur d'eux, s'exclama Michael, nous non plus !

Mme Cheddar soupira.

— D'accord… Il vaut mieux que je vous accompagne…

Arsène gagna les douves et emprunta à nouveau la canalisation pour retrouver les corbeaux. Cambrioler la boutique Bang avait été un jeu de chaton pour l'ex-meilleur chat cambrioleur du monde. Il avait trouvé sans mal le magasin et

crocheté la serrure en quelques secondes. Il avait dérobé la teinture blanche pour barbe et déguerpi sans laisser d'empreintes. Il n'en était pas particulièrement fier. Non, il ne voulait plus voler. Toutefois, il était certain que le propriétaire du magasin comprendrait que c'était un cas d'urgence nationale. Un chat cambrioleur, même *repenti*, devait tout mettre en œuvre pour sauver Sa Majesté.

La difficulté était de transporter les bouteilles sans son bandana. Le seul sac qu'il avait trouvé dans le magasin bringuebalait violemment contre sa poitrine. Il avait hâte que sa mission se termine. Arsène accéléra encore dans le tuyau vers le réservoir à crottes.

— Croaaa !

Les corbeaux l'attendaient avec impatience. Arsène décrocha le sac en le passant au-dessus de ses oreilles et sortit une bouteille. Tous les corbeaux se rassemblèrent autour de lui.

THUMPERS

Teinture blanche pour barbe
Vieillissez en un instant !
Fortement recommandée aux marins.
(Peut être utilisée pour les pulls)

— On ne parle pas des plumes sur l'étiquette, remarqua Georgina.

— Ne t'inquiète pas, répondit Arsène. Si Zénia a utilisé la teinture noire sur les pies, vous ne risquez rien avec la blanche !

Il sortit du sac une deuxième bouteille.

— Celle-là, dit-il, ce sera pour vous enlever la teinture.

— D'accord ! On le fait ! accepta Georgina. Approchez, vous autres. On commence par qui ?

Ginger Spekulos était de retour dans la Tour Sanglante. Le plus gros du travail avait été fait. Les *vrais* joyaux de la Couronne étaient à bord de la péniche et les faux étaient toujours dans les vitrines où les avaient déposés les soi-disant électriciens. Ginger pouffa. Ce que les humains pouvaient être bêtes ! Zénia mise à part, bien sûr. Et cette bande d'imbéciles qui se prétendaient les électriciens de la reine étaient encore plus stupides que tous les humains qu'il avait rencontrés. En particulier celui qui conduisait le van. Prendre Zénia pour un concierge ! Et croire que son super-récepteur ne fonctionnait plus ! Quel crétin… Bien sûr qu'il fonctionnait parfaitement ! Zénia avait entendu toute leur conversation dans la chambre forte, les paroles qu'ils avaient chuchotées.

Y compris ce qu'ils avaient dit sur Arsène.

Cela n'avait pas pris des heures à Ginger Spekulos pour comprendre que les supposés électriciens n'étaient autres que les Cheddar. Tout ce qu'avait raconté Jimmy Magpie était vrai. Arsène Lagriffe était devenu un animal domestique, menteur et vicieux, qui jouait double jeu.

Il avait trahi, il allait le payer !

Ginger Spekulos se précipita dans la salle de la Tour Sanglante où se trouvaient les latrines. Il avait adoré sa mission. Crever les pneus du van avec ses griffes aiguisées comme des rasoirs et entendre l'air s'en échapper, un délice ! Mais c'était encore mieux de tuer des corbeaux. Pour Arsène, Ginger Spekulos n'était pas encore décidé. Est-ce qu'il le tuerait dans le réservoir ? Est-ce qu'il le traînerait jusqu'à la péniche et le noierait dans la boue ? Dans son souvenir, Arsène n'avait jamais apprécié le travail salissant. Il préférait garder bien propres ses belles papattes blanches. Oui… Le bain de boue semblait plus approprié. Quelle fin tragique pour un propret chat de salon !

Ginger ralentit en s'approchant des toilettes. Il ne voulait pas qu'Arsène devine qu'il savait toute la vérité. Il voulait l'avoir par surprise.

— Arsène ? appela-t-il doucement. C'est moi, Spekulos ! On a les joyaux.

Il n'obtint pas de réponse.

— C'est le moment de tuer les corbeaux, dit Ginger en passant la tête dans le trou.

Ces mots rebondirent en écho sur les parois du puits.

« Tuuuuuuuuer… corbeauuuuuuuuux… »

— Arsène, si tu ne le fais pas, je le ferai ! siffla Ginger Spekulos.

« Feraiiiiiiiii… feraiiiiiii… feraiiiiii… », murmura l'écho.

Sauf que Ginger ne reconnut pas *sa* voix.

Il recula d'un bond.

— Qui est là ?

— *Nous sommes les fantômes des corbeaux…*

La voix remontait le puits, s'échappait par le trou et résonnait dans la salle.

— Quoi ? cria Ginger Spekulos. Quels fantômes ?

Sa fourrure commença à se hérisser.

— *Nous avons été assassinés par ton complice, Arsène Lagriffe ! La Tour Blanche va s'effondrer, mais, nous, nous hanterons ces lieux pour toujours. Bouuuuuuuuuuuh…*

— Si c'est une de tes blagues, Brute, s'écria Ginger, t'es un piaf mort !

— *Noooooon…* répondit la voix en vibrant, *ce n'est pas Brute qui te parle, Ginger Spekulos… Nous sommes les fantômes des corbeaux morts dans la Tour Sanglante ! Croaaaaa !*

— Je… Je… Je ne vous crois pas ! dit Ginger tremblant comme une feuille.

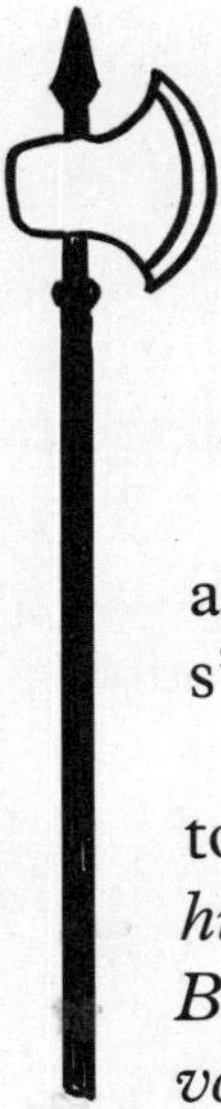

— Vous n'êtes pas des fantômes ! Vous faites semblant !

— *Alors, nous allons venir te montrer…* siffla la voix.

Tous les poils de Ginger se dressèrent d'un coup.

— Non ! non ! Pas besoin ! Je m'en allais ! Puisque vous êtes morts, tout va s'écrouler.

— *Tremble…* reprit la voix d'outre-tombe. *Quand l'homme à la hache, la femme hurlante et notre pauvre amie décapitée, Anne Boleyn, découvriront ce que tu as fait, nous ne voudrions pas être à ta place, Ginger Speku-loooos…*

— Mais je n'ai rien fait ! brailla Ginger. C'est Arsène Lagriffe ! C'est lui qui vous a tués !

— *Tu en as donné l'ordre, c'est* toi *qui seras maudit !* cria la voix, implacable. *Nous serons bientôt tout près de toiiiii…*

Il y eut des battements d'ailes.

Horrifié, Ginger Spekulos vit six oiseaux blancs voler les uns après les autres hors du trou. FLAP, FLAP, FLAP, FLAP, FLAP ! Ils tournoyaient au-dessus de lui.

Ginger miaula de terreur, fit volte-face et s'enfuit ventre à terre.

— Kraa ! Kraa ! Kraa !

— Kraa ! Kraa ! Kraa !

Les six corbeaux s'effondrèrent sur le sol, hilares.

— Beau boulot, les gars ! les félicita Georgina. Je n'avais pas volé autant depuis une éternité ! Maintenant, il faut qu'on remonte Arsène.

Les corbeaux sautèrent sur les rideaux et dénouèrent les cordes qui les maintenaient ouverts. Puis ils retournèrent ensemble près du trou.

— Arsène ? appela Georgina. Tu es prêt ?

— Oui !

La voix d'Arsène résonna dans le puits.

— Bravo pour les fantômes ! J'aurais adoré voir la tête de Spekulos !

— Il était terrorisé, pouffa Georgina. Allez, les gars ! On sort Arsène de là !

Georgina prit une extrémité de la corde dans son puissant bec et poussa l'autre dans le trou. Les corbeaux aidèrent à déployer la corde. En dessous, dans le réservoir, Arsène l'agrippa et, lentement, centimètre par centimètre, réussit à se hisser dans le puits.

— Pfiouuuu… dit-il en atteignant enfin le plancher de la grande salle.

Il avait remis le sac du magasin Bang autour de son cou.

— Désolé si c'était un peu lourd, dit-il, mais j'ai pensé que vous seriez contents de vous débarrasser tout de suite de la teinture.

— Merci, Arsène !

D'un coup de bec, Georgina fit sauter le bouchon de la bouteille.

— Qu'est-ce qu'il faudra qu'on fasse quand notre plumage sera redevenu noir ? demanda-t-elle.

— Que vous retourniez à l'enclos, répondit Arsène. C'est le dernier endroit où Klob ira vous chercher, elle vous croit tous morts !

Il pressa le pas vers l'escalier en colimaçon.

— Où vas-tu ? s'écria Georgina.

Arsène sourit.

— Retrouver ma famille !

18

— Hê-ê-ek hê-ê-ek hê-ê-ek !

Les pies criaient et jacassaient dans la cabine principale de la péniche. Sur le pont, Zénia Klob vérifiait l'état de marche de son turboréacteur flambant neuf.

« Ginger doit être en train de tuer Arsène et les corbeaux, pensa-t-elle. Il a bien mérité de s'amuser un peu ! »

— Alors ? demanda Bandit. Est-ce que ça me va ?

Les pies avaient ouvert les caisses pour admirer les trésors. Brute, Canaille et Gozier prenaient un bain de perles. Jimmy inspectait une couronne, Bandit et Balafre s'étaient emmitouflés dans la cape royale bordée d'hermine.

— Tu es ravissant, Bandit ! dit Balafre. C'est pile ce qu'il faut au reflet bleu de tes ailes.

— Qu'est-ce que c'est doux ! s'extasia Bandit en se frottant contre la fourrure.

— Ça ferait un super rembourrage pour nid, boss, dit Balafre. Est-ce que vous pourriez nous fabriquer ça ?

— Appelle-moi plutôt Sa Majesté Jimmy Ier !

Le chef avait presque disparu sous la couronne.

— Tu as raison, Balafre ! Un nid d'hermine, c'est exactement ce qu'il me faut à Littleton-sur-Mer… un nid royal, à mon image !

Au même instant, Ginger Spekulos jaillit dans la cabine, la queue entre les pattes.

— Qu'est-ce qui t'arrive ? lui demanda Canaille.

— On dirait que tu as vu un fantôme ! ricana Bandit.

— Pas un, six ! gémit Ginger Spekulos.

Jimmy Magpie abandonna la couronne et sauta sur la table.

— Quels fantômes ?

— Les fantômes des corbeaux ! cria Spekulos. Parce que Arsène Lagriffe les a tués.

— Ben, c'est toi qui lui as dit de le faire, non ? s'étonna Canaille.

— Non ! Il devait attendre mon ordre ! hurla Ginger Spekulos. Maintenant, ils en ont après moi !

— Tu en es sûr ? demanda Balafre.

— Oui ! Ils sont sortis de leur trou à crottes tout blancs, horribles, lugubres ! Ils disent que je suis responsable ! Ils disent que je suis maudit !

Il frissonna.

— Si les corbeaux sont morts, dit Canaille, pourquoi est-ce que la Tour Blanche ne s'est pas encore effondrée ?

— Peut-être que ça prend du temps, répondit Ginger Spekulos d'un air misérable. Je ne sais pas… mais on devrait ficher le camp tant qu'on le peut encore.

Pour se calmer, il décida de tremper quelques épingles à cheveux dans la potion somnifère.

— Attendez une minute…

Il se gratta la tête.

— Ce n'est pas le somnifère !

Les pointes de l'épingle argentée avaient viré au noir.

— Ben non, répondit Jimmy Magpie, c'est la teinture que Zénia a utilisée pour nos déguisements de corbeaux.

Jimmy Magpie fixa la bouteille.

— La teinture… Arsène Lagriffe s'y connaît, en matière de teintures !

— Qu'est-ce que tu veux dire ? s'étonna Ginger.

— Arsène Lagriffe sait très bien s'en servir, expliqua Jimmy. Il était teint en blanc quand il nous a capturés au manoir Toffly. Il s'était fait passer pour un chat persan !

Ginger Spekulos se figea. Jimmy, tête inclinée, réfléchissait.

— Où est le magasin de teintures ? demanda-t-il soudain.

— Tout près, c'est l'une des boutiques à côté des guichets pour la visiter de la Tour.

Les yeux de Jimmy se mirent à briller.

— À ton avis, Arsène a eu le temps d'y faire un saut ?

Ginger Spekulos fronça les sourcils.

— Ben… Du réservoir à crottes, il y a un tuyau qui mène aux douves.

— Et Arsène Lagriffe est au courant ? demanda sèchement Jimmy.

Ginger Spekulos acquiesça.

— C'est moi qui le lui ai dit…

— Alors ne cherche pas plus loin, Ginger, ricana Jimmy Magpie. Qu'est-ce qu'il y a de plus facile pour un ex-cambrioleur que de foncer chez Bang, dérober de la teinture blanche et en badigeonner des corbeaux ?

— Mais…

— Réfléchis, l'interrompit Jimmy. Si la Tour Blanche n'est pas tombée et que la reine est toujours sur le trône, c'est que les corbeaux ne sont pas morts. Je n'aime pas avoir à te dire ça, Ginger, mais faut reconnaître que ce minable, ce traître d'Arsène Lagriffe t'a encore roulé !

Il y eut un silence de plomb dans la cabine. Les pies ne quittaient plus le chat roux des yeux.

— Oh-oh… dit Bandit. On dirait qu'il va pondre un œuf.

— MIAOUUUUUUUUUU !

Brusquement, Ginger Spekulos devint fou. Il pulvérisa la bouteille de teinture, balança les épingles à cheveux et déchiqueta le canapé. Son poil était si hérissé qu'il paraissait deux fois sa taille. Il s'attaqua, toutes griffes dehors, à la table. Il la lacéra si fort que les pies reçurent des échardes.

Son visage se crispa et il poussa un monstrueux grondement.

— ARSÈNE LAGRIFFE, TU ES MORT ! hurla-t-il.

Il sortit en furie de la cabine, arracha la porte de ses gonds et disparut dans la nuit.

— Vous avez entendu ce hurlement ?

Mme Cheddar, Lucie et Michael cherchaient toujours Arsène et l'inspecteur.

— On aurait dit un cri de loup-garou, dit Michael en regardant la lune.

— Oh ! là, là… J'espère qu'Arsène va bien, gémit Lucie.

— Chut !

Mme Cheddar attira ses enfants dans l'ombre.

Ginger Spekulos passait en grognant et en crachant.

— Il a l'air furieux ! Maman, tu penses qu'il a découvert la vérité sur Arsène ? demanda Michael.

— Vu sa tête, j'en ai bien l'impression…

Mme Cheddar frissonna.

— Nous devons le trouver avant lui.

— Et papa aussi, renifla Lucie.

— Ooooooh… Ooooooh…

Le gémissement provenait de tout près. Juste derrière eux.

Mme Cheddar, Lucie et Michael s'immobilisèrent.

— Ce n'est peut-être que le vent, dit Mme Cheddar.

— Ooooooooooooh…

Les trois Cheddar, terrifiés, se retournèrent lentement.

— PAPA ! cria Lucie.

L'inspecteur sortit en titubant de la cabane du gardien. Il fit deux pas et s'écroula.

Mme Cheddar se précipita vers lui et tomba à genoux.

— Je suis sûre que Klob l'a piqué avec une épingle à cheveux ! s'écria-t-elle, en colère. Ne bouge pas, mon chéri…

— Je vais bien… murmura l'inspecteur.

Il réussit à s'appuyer sur un coude et se frotta le front.

— Où est cette sorcière de Klob ?

— On n'en sait rien, papa, dit Michael. Et les joyaux de la Couronne ?

— Elle les a volés !

L'inspecteur réussit péniblement à s'asseoir. Il articulait avec difficulté.

— Elle s'est déguisée en concierge, et elle m'a fait croire qu'elle était envoyée par la reine. Elle s'en est allée vers le fleuve, elle a dû les charger sur un bateau.

— La péniche amarrée près de la Tour ! s'écria Michael. Je parie que c'est là qu'elle se cache.

— Nous devons l'arrêter avant qu'elle atteigne l'aéroport ! s'exclama l'inspecteur.

— Je pense qu'elle est encore là, papa, dit Michael. Spekulos vient de passer, elle ne partirait pas sans son chat.

L'inspecteur se leva lentement, il vacillait sur ses jambes.

— Et les corbeaux ?

— Nous espérons qu'ils sont en sécurité, répondit Mme Cheddar. Grâce à Arsène.

— Où est-il ? demanda l'inspecteur.

Pendant quelques instants, il observa la Tour de Londres plongée dans l'obscurité.

— On ne l'a pas trouvé, dit tristement Lucie. Et Ginger Spekulos a l'air d'être à sa recherche. On l'a vu qui sifflait et qui crachait !

— S'il sait qu'Arsène les espionnait, il va le tuer, papa ! cria Michael. Qu'est-ce qu'on peut faire pour l'aider ?

L'inspecteur Cheddar remit sa casquette d'électricien bien droit sur sa tête.

— Jamais je ne laisserai le chat de Klob tuer un de mes officiers ! dit-il fermement. Vers où courait Ginger ?

19

Arsène vérifia que les Cheddar ne l'attendaient plus dans la cour devant la Maison des Joyaux. Il s'arrêta net en voyant le van avec les pneus crevés. « Où sont-ils ? Est-ce qu'ils vont bien ? Qu'est-il arrivé aux joyaux de la Couronne ? »

— MIIIIIAOUUUUUUUU !

Arsène se raidit. Ginger Spekulos arrivait en courant, fou de rage, il savait tout !

Arsène ne prit pas le temps de se demander *comment* Ginger l'avait démasqué. La première de ses priorités était la sécurité des corbeaux ; la deuxième, la sienne. Ou peut-être le contraire, vu que Ginger Spekulos semblait avoir oublié les corbeaux. À l'instant présent, tout ce qu'il avait en tête tenait en un mot : vengeance !

Arsène retourna sur ses pas, retraversa la cour et se tapit dans l'ombre. Pour gagner la sortie, le plus court était de franchir l'arche près de la Tour Sanglante. Mais cela pouvait être le premier endroit où le chercherait Spekulos. Arsène choisit d'être prudent. Il fit un long détour. Il était à mi-chemin quand il entendit crier son nom.

— Arsène !

Celui-ci n'en croyait pas ses oreilles, c'était Michael !

— Arsène !

Lucie, l'inspecteur et Mme Cheddar !

Arsène se précipita vers eux, le cœur battant. « Ils m'ont attendu ! » Il fonça rejoindre les Cheddar et sauta dans les bras de Lucie.

— Oh ! Arsène, je suis si contente de te voir ! s'écria-t-elle en enfouissant son visage dans sa fourrure.

— Nous étions tellement inquiets pour toi ! dit Michael.

Il chatouilla Arsène sous le menton et Mme Cheddar lui prit la patte.

— Nous avions peur que cet horrible chat roux te trouve avant nous, dit-elle.

— Félicitations, Arsène ! tonna l'inspecteur. Tu as sauvé les corbeaux ! Tu as brillamment rempli ta mission de chat policier !

Arsène ronronna.

— MIIIIIAOUUUUUUUUUU !

Horrifié, Arsène sentit son sang se glacer et les Cheddar se retournèrent d'un bloc.

Les oreilles aplaties sur la tête, Ginger Spekulos marchait lentement vers eux.

— Je m'en occupe ! déclara l'inspecteur.

Il fit un bond en avant et tendit le bras comme s'il arrêtait une voiture.

— STOP ! Reste où tu es !

Arsène avala sa salive. Cela ne lui semblait pas être une excellente idée. L'inspecteur ne savait pas à quel point Ginger Spekulos était dangereux.

— Chéri… dit Mme Cheddar, inquiète.

— Pas maintenant, répondit l'inspecteur.

Il tendit l'autre bras et répéta :

— J'ai dit : « STOP ! »

Le ventre au ras du sol, Ginger Spekulos continuait d'avancer, son regard bleu pâle rivé sur Arsène.

Ce dernier se mit à trembler. L'inspecteur n'était pas de taille à lutter contre Ginger.

— Très bien ! lui cria l'inspecteur. Si c'est les ennuis que tu cherches, tu ne vas pas être déçu !

Il sortit une paire de menottes de la poche arrière de son pantalon et il les agita au-dessus de sa tête.

— On va voir si elles sont à ta taille !

Pour la première fois, Ginger Spekulos eut l'air de le remarquer. Il s'immobilisa et envoya un regard mauvais à l'inspecteur.

— KHHHHHHHHHH…

— C'est ça ! triompha l'inspecteur. Crache si tu veux, matou, mais ne bouge plus un poil ! Je vais t'apprendre une grande nouvelle, je ne suis pas électricien… je suis officier de police !

— KHHHHHHHH…

L'inspecteur Cheddar fit deux pas vers Ginger.

— Je t'arrête pour tentative de vol sur les joyaux de la Couronne ! Tu as le droit de garder le silence, mais tout ce que tu miauleras pourra être retenu contre toi devant un tribunal ! gronda l'inspecteur.

Et il sauta sur Ginger.

Un éclair roux jaillit.

— Aaaaaaaaaaaaaaah !

En un instant, l'inspecteur se retrouva étalé au sol, bras et jambes écartés, Ginger Spekulos sur le dos. CLIC ! Il y eut un bruit métallique.

— La sale bête ! Il m'a menotté ! hurla l'inspecteur.

Ginger Spekulos grogna et s'éloigna, la clef des menottes entre les crocs. Il la jeta au loin, hors d'atteinte.

— KHHHHHHHHHH…

Le regard haineux de Ginger se posa sur Arsène puis lentement sur Lucie et sur Michael. TCHIC, TCHIC, TCHIC, TCHIC, une à une, il sortit les griffes de sa patte droite. TCHIC, TCHIC, TCHIC, TCHIC, puis celles de sa patte gauche.

— N'ayez pas peur, les enfants, dit Mme Cheddar d'une voix tremblante. Mettez-vous derrière moi ! Tout… va bien se passer !

À ce moment précis, Arsène comprit qu'il aimait vraiment les Cheddar plus que tout au monde. Non, tout n'allait pas bien se passer s'il n'agissait pas au plus vite.

Ginger Spekulos était le plus dangereux des chats sur terre et il avait décidé de le tuer. Peu importait à Ginger qu'une femme et des enfants soient blessés dans la bataille ! Les Cheddar seraient en danger tant que Ginger traînerait dans les parages.

Arsène se tortilla et quitta les bras de Lucie.

— Arsène ! hurlèrent Mme Cheddar et les enfants.

Ignorant leurs cris, il fila à toute vitesse.

— MIIIIIIIIIIIIAOUUUUUUUU !

Après un rugissement de colère, Ginger se lança à sa poursuite.

20

Arsène dépassa la Tour Sanglante, courut sous l'arche et déboula dans la rue pavée. Il hésita devant la Porte des Traîtres. Pendant un instant, il envisagea de dévaler les marches et de se cacher dans l'obscurité sur la rive boueuse. Jamais Spekulos n'aurait l'idée de le chercher là, il savait qu'Arsène détestait la boue. Mais quand il entendit l'eau frapper contre les murs, il comprit que ce n'était pas possible. La marée était haute, c'était la mort assurée.

Il jeta un œil sur sa droite, vers la herse et le pont-levis. Il se figea. Zénia Klob se tenait à quelques pas de lui. Ziiiiip ! Une épingle à cheveux siffla en frôlant ses moustaches et tinta en tombant au sol.

Il vit Zénia porter la main à ses cheveux, elle se préparait à en lancer une autre. Et, cette fois, elle ne le raterait pas.

— MIIIIIAOUUUUUU !

Derrière lui, Ginger Spekulos arrivait à toute vitesse.

Arsène courut sur sa gauche. Loin devant lui, il apercevait le pont aux deux tours qui enjambait la Tamise. S'il pouvait l'atteindre, il aurait une chance de courir jusqu'à la station de métro. Il pouvait aussi le traverser, le chef de la police avait placé ses hommes de l'autre côté du fleuve. Peu importait la direction qu'il prendrait ! Ce qui comptait, c'était que Ginger Spekulos le suive. Tant qu'il lui courait après, il ne pourrait pas attaquer les Cheddar ni nuire à la reine.

— MIIIIIAOUUUUUUUUUUU !

Arsène accéléra. Ses pattes le faisaient souffrir. Un chat cambrioleur repenti ne s'entraînait pas autant que lorsqu'il était en exercice. S'il survivait, s'il revoyait un jour à Littleton-sur-Mer, il devrait y réfléchir. Peut-être que lui et Mimi pourraient se promener ensemble. Il ne fallait pas penser à Mimi maintenant ! Haletant, Arsène commença à grimper les marches très raides qui menaient au pont. Ginger criait, Ginger le rattrapait.

— MIIIIIAOUUUUUUUUUUU !

Arsène avait l'impression que l'escalier ne finirait jamais. Son cœur battait à tout rompre. « Avance, avance… se répétait-il. Continue ! Éloigne Ginger des Cheddar ! Empêche-le de retourner tuer les corbeaux ! »

Il lutta de toutes ses forces pour gravir les dernières marches.

— KHHHHHHHHHH… Tu es fini, Arsène Lagriffe !

Ginger Spekulos n'était qu'à quelques mètres. Arsène regarda partout autour de lui. Où aller ? D'ici, il ne connaissait pas le chemin jusqu'à la station de métro. Et il ne savait pas où le directeur avait placé ses hommes ! Arsène fit quelques pas sur le pont.

— Une dernière volonté, Arsène Lagriffe ?

Arsène n'avait plus le choix, maintenant. Il devait traverser. Épuisé, il titubait. Il était si fatigué qu'il pouvait à peine poser une patte devant l'autre. Il jeta un œil derrière lui. Ginger Spekulos ralentissait aussi, on aurait dit qu'il rampait, comme un lion prêt à bondir, les yeux rivés sur Arsène. Quelque chose clochait. Ce n'était pas normal que la pente d'un pont soit si raide.

— HÊ-Ê-EK HÊ-Ê-EK HÊ-Ê-EK !

Arsène leva les yeux. Cinq pies planaient en cercle au-dessus de lui, jacassant.

— Tu as voulu me piquer mon hermine, hein, Arsène Lagriffe ? jasa Bandit.

— Traître ! Spekulos va nous venger, cria Balafre.

Arsène se sentit soudain glisser. Il s'agrippa au sol avec ses griffes et tenta de se hisser toujours plus loin.

— Voir ça, c'est encore plus marrant qu'effrayer les oisillons ! gloussa Gozier.

— Presque aussi marrant que crotter dans l'eau ! ajouta Canaille.

Et il se mit à chantonner :

— *Arsène est en train de tomber…*

Arsène ne pourra pas se relever…

Arsène va se faire bouffer… bouffer… bouffer…

— Qu'est-ce qui se passe ? s'écria Arsène.

Même ses griffes ne le retenaient plus.

— T'as pas deviné ? dit Balafre. T'es peut-être pas si intelligent que ça, finalement !

— Jimmy est aux commandes du pont dans la tour de contrôle, ricana Gozier. Tu es fichu, mon minet !

Arsène releva la tête. Au-dessus de lui, il aperçut la silhouette de Jimmy dans la première tour du pont, un levier dans le bec. Maintenant, Arsène comprenait tout.

Il avait vu la photographie du célèbre Tower Bridge dans le guide de Mme Cheddar. Le pont

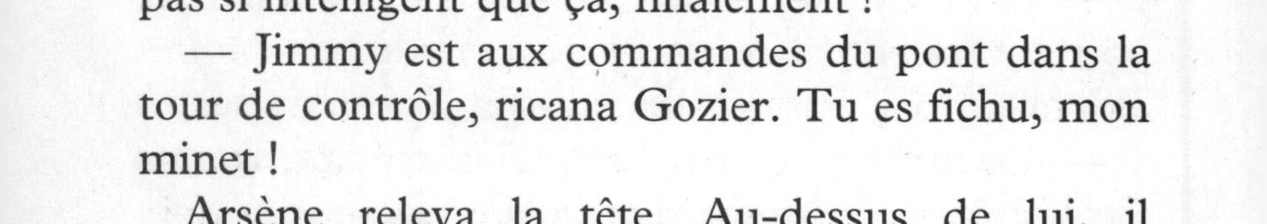

était fait de deux parties qui pouvaient se soulever pour laisser passer les bateaux !

C'était encore pire qu'escalader une montagne !

— Tu te rends, Arsène Lagriffe ?

Celui-ci sentit des griffes atteindre sa queue et il la retira juste à temps.

— Jamais ! siffla-t-il.

— Je n'aurais jamais dû t'épargner, la dernière fois !

Ginger était si près qu'Arsène sentait son haleine fétide.

— Je savais bien que tu n'aurais pas les tripes de tuer les corbeaux !

— Je ne tuerai jamais ! lui rétorqua Arsène. Ni pour toi, ni pour Klob, ni pour personne !

Il allait mourir, alors autant dire la vérité.

— Zénia et moi, on a ce qu'on voulait, ricana Ginger. Les vrais joyaux de la Couronne sont déjà sur la péniche !

Pour Arsène, le vol des joyaux n'était pas le plus important. Les corbeaux étaient hors de danger et les Cheddar aussi.

— Ma famille vaut plus que n'importe quel trésor, dit Arsène. L'amitié, la loyauté, ça, ça compte. Mais ce ne sont pas des choses que tu peux comprendre, Ginger !

Le pont s'éleva encore et Arsène glissa tout à coup. Il était pendu au-dessus du vide, retenu seulement par ses griffes. Le fleuve était loin dessous, l'eau scintillait sous la lune. Il aperçut la péniche de Klob et un autre bateau sur la Tamise. Est-ce que le directeur de la police était à bord ? Ou la reine ? De toute façon, pour lui, c'était trop tard. Arsène sentit la tête lui tourner, ses griffes allaient lâcher.

— Ne donne pas de leçons aux autres, Arsène Lagriffe ! siffla Ginger. Là où tu vas, elle ne te servira pas à grand-chose, ta loyauté !

Ginger était penché au-dessus d'Arsène, il ne semblait avoir aucun mal à garder son équilibre.

TCHIC, TCHIC, TCHIC, TCHIC !

— Adieu, Arsène !

D'un coup de griffes, Ginger Spekulos le poussa dans le vide.

— HÊ-Ê-EK HÊ-Ê-EK HÊ-Ê-EK !

La dernière chose que vit Arsène Lagriffe fut les petits yeux brillants de Jimmy Magpie qui descendait en piqué.

21

L'air faisait onduler sa fourrure. D'un instant à l'autre, il frapperait l'eau, dure comme un mur de brique, de cette hauteur.

Toute la vie d'Arsène défila devant ses yeux.

Sa vie de chaton avec Ginger Spekulos et Klob, sa fuite pour Monte-Carlo, les années de cambriolage, les pies, sa maison chez les Cheddar…

Il ferma les yeux.

SPLATCH !

Et atterrit sur quelque chose de mou.

POUT POUT POUT POUT POUT…

Arsène entendait ronronner un moteur. Il renifla, ça sentait le poisson. Il tendit la patte et tâtonna.

C'était laineux… poilu… les deux… avec des morceaux dedans ! Il en attrapa un pour le goûter. De la sardine ! Arsène sursauta. « Non, ce n'est pas possible ! Je dois rêver… »

— Tout va bien, Arsène ? chuchota une voix d'homme à son oreille.

— On est venus le plus vite possible ! dit de plus loin une voix de femme. Alors, comme ça, tu tombes des ponts au lieu de passer des vacances paisibles ? Tss… c'est bien la preuve qu'on ne peut pas emmener les chats partout !

— Miaou !

Arsène ouvrit les yeux. Difficile de croire qu'il avait eu autant de chance ! Il avait atterri dans la barbe-pull de M. Tucker, en plein milieu de la Tamise ! Mme Tucker l'observait en retrait, les mains sur les hanches.

Le pêcheur souleva Arsène et le posa sur un tas de filets.

— Edna a pensé que tu aurais besoin d'aide. On a sauté dans mon rafiot et j'ai mis la gomme !… Pourtant j'ai bien eu peur qu'on arrive trop tard quand je t'ai vu pendu là-haut.

— Miaou ?

— Tu te demandes comment nous avons su que tu avais des ennuis, hein ? grogna Mme Tucker.

Puis elle ajouta :

— Parce que tu es le genre de chat qui a *toujours* des ennuis !

Arsène rabattit ses oreilles.

— Ne t'inquiète pas, lui murmura M. Tucker. Edna t'aime bien, je ne l'ai jamais vue aussi inquiète.

— Heureusement pour toi, Klob passait à la télévision, continua Mme Tucker. Alors j'ai appelé la ligne directe du Premier Ministre. C'est lui qui m'a dit que vous aviez vu la reine et qui m'a expliqué le plan.

Arsène ouvrit des yeux grands comme des soucoupes.

« Mme Tucker téléphone au Premier Ministre sur sa ligne directe ! »

— Il n'y a pas de quoi faire cette tête d'ahuri, Arsène, répliqua Mme Tucker. Qu'est-ce que tu crois ? Que j'ai passé ma vie à démêler des fils de pêche et à vider des sardines ? J'ai vécu, avant d'épouser Herman ! J'étais Edna Bing, agent secret du MI 6.

Arsène sentit sa mâchoire se décrocher.

« Mme Tucker… agent secret ? »

— Tiens !

Mme Tucker plongea la main dans son panier et fourra une sardine entre les crocs d'Arsène.

— Quand je travaillais pour les services secrets, ma mission était de capturer Klob.

Les yeux de Mme Tucker se plissèrent.

— Plusieurs fois, j'ai failli réussir. Mais elle m'a toujours échappé grâce à ses déguisements. Ou à ses épingles à cheveux.

M. Tucker tira bruyamment sur sa pipe.

— Et le Premier Ministre a demandé à Edna de reprendre sa mission, dit-il.

— Bien sûr, j'ai accepté ! Et j'aurais déjà eu Klob si *quelqu'un*, ajouta Mme Tucker en pointant le doigt vers Arsène, m'avait dit plus tôt ce qui se passait. Ça fait belle lurette que j'aurais flanqué Klob dans un sac, les pies et son chat galeux avec ! Mais mieux vaut tard que jamais, je suppose.

Mme Tucker remonta ses manches.

— Passe-moi les lunettes de vision nocturne, Herman ! Et dépêche-toi.

M. Tucker mit le moteur au ralenti et traversa le pont du bateau en boitillant.

— Saleté de jambe de bois ! pesta-t-il. Elle me rend plus lent qu'une limace de mer qui aurait des rhumatismes !

Il tendit les jumelles à Mme Tucker.

— Qu'est-ce que tu vois, Edna ? Des monstres marins ?

— Ne sois pas bête, Herman, c'est la Tamise, pas le Pacifique.

Mme Tucker affina la mise au point.

— Spekulos est redescendu de Tower Bridge, dit-elle. Il est sur la rive… Il attend quelque chose ou quelqu'un…

« La péniche ! », pensa Arsène.

— Attendez… dit Mme Tucker. Oui, je vois une péniche ! Spekulos court vers elle… Ça y est, il saute à bord ! Eh ! Les pies aussi !

— Est-ce que tu vois Klob ? demanda M. Tucker.

— Il y a quelqu'un à la barre, il faut que je zoome davantage…

Les chats voyant dans le noir, Arsène n'avait pas besoin de jumelles à vison nocturne pour distinguer les silhouettes.

— C'est elle ! s'écria Mme Tucker.

Elle coinça les jumelles sous son aisselle.

— OK, voici le plan : on laisse Klob nous passer devant pour qu'elle ne se doute de rien. Après on accélère, on percute et on monte à bord. Moi, je m'occupe de Klob ; Herman et Arsène, vous capturerez Spekulos et les pies au filet.

Elle se frotta machinalement le dos.

— Et méfiez-vous des épingles à cheveux !

— À vos ordres, agent Bing ! plaisanta M. Tucker.

Arsène sauta du tas de filets. Quatre silhouettes étaient apparues sur la rive.

— Miaou ! miaou ! miaou !

— Les Cheddar ! confirma Mme Tucker avec ses jumelles. Vite, Herman, allons les chercher. Un peu d'aide ne sera pas du luxe !

M. Tucker remit en marche le bateau qui traversa lentement la Tamise.

— Hé ! Comment vont les touristes ? demanda M. Tucker quand ils atteignirent la rive.

— Ça alors ! Les Tucker ! s'écria Michael.

Mme Cheddar leur faisait des signes de joie, Lucie se mit à battre des mains.

— Je vois Arsène ! Il va bien !

L'inspecteur Cheddar ne comprenait plus rien. Il fronça les sourcils.

— Mais qu'est-ce que vous faites là, tous les deux ?

— Pas le temps de vous expliquer, répondit Mme Tucker. On poursuit Klob, il faut se dépêcher !

— Vous trois, montez à bord, dit l'inspecteur Cheddar à sa famille. Si vous ne l'attrapez pas à temps, je vous retrouverai à l'aéroport. Je dois avertir le directeur qu'elle a les vrais joyaux de la Couronne.

— Ne me dites pas que vous vous êtes fait prendre par son numéro de concierge ?

Mme Tucker soupira, exaspérée.

— Comment savez-vous qu'elle était déguisée en concierge ? s'étonna l'inspecteur.

— Aucune importance, répondit Mme Tucker. Allons-y !

Lucie, Michael et leur mère grimpèrent à bord de *La Joyeuse Méduse.*

— Enfilez ça, ordonna Mme Tucker.

Elle leur tendit trois gilets de sauvetage.

— C'est sur ce bateau que vous avez vécu toutes vos aventures, monsieur Tucker ? demanda Lucie en resserrant les bretelles du gilet de sauvetage. Vous étiez dessus quand le homard géant vous a attaqué ?

— Ouaip !

M. Tucker enleva et remit son dentier puis fit claquer ses fausses dents.

— Écoutez ça, les enfants !

Avec sa jambe de bois, il se mit à taper des petits coups en rythme sur le pont. Arsène avait déjà deviné qu'il allait se mettre à chanter :

La Joyeuse Méduse *est un sacré bateau*
Peut-être pas très beau, mais reste à flot !
Ohé, ohé, ohé, oh…
Même la tempête, c'est de la vaguelette
Quand t'es sur mon bateau…
Ohé, ohé, ohé, oh…

Michael et Lucie riaient aux éclats ; les moustaches d'Arsène frémissaient en rythme :

Le homard m'a attaqué
La jambe m'a arraché
Ohé, ohé, ohé, oh…
Le sang coulait à flots
Ohé, ohé, ohé, oh…
De ma barbe, j'ai fait un garrooot…

— Cela suffit, Herman ! siffla Mme Tucker. On va finir par avoir le mal de mer !

L'inspecteur Cheddar fit un dernier signe aux occupants de *La Joyeuse Méduse* qui filait sur la Tamise.

22

À bord de la péniche, Zénia Klob brancha son super-récepteur pour capter les messages de la police. Le directeur enverrait certainement un signal s'il lançait ses équipes à sa poursuite pour l'empêcher d'atteindre l'aéroport et de s'envoler pour la Russie.

Ginger Spekulos dressa ses oreilles.

— On est suivis ! s'écria Zénia Klob.

Elle monta le volume et fronça les sourcils.

— Par un bateau de pêche qui s'appelle *La Joyeuse Méduse*... Le pêcheur aurrrait une jambe de bois et un dentier... Si c'est tout ce qu'ils ont trouvé pour nous pourrrchasser, on est sauvés !

POUT POUT POUT POUT POUT...

— Vous entendez ? s'écria Klob.

— Miaouuuuuuuu !

— Hê-ê-ek hê-ê-ek hê-ê-ek !

— La ferme, les pies ! ordonna Zénia Klob. Laissez-moi écouter !

POUT POUT POUT POUT POUT…

La Joyeuse Méduse était en vue. Le pêcheur était à la barre, des bouffées de fumée s'échappaient de sa pipe.

Zénia Klob sourit.

— Il est temps de leur donner un aperçu de la puissance des turborrréacteurs russes, pas vrai, Ginger ?

— Miaouuuuuuuuu !

Ginger Spekulos découvrit ses crocs.

— Accrochez-vous à vos plumes, les piafs, cria Klob. Ça va secouer !

Elle courut à l'arrière de la péniche et actionna un levier.

VOUUUUCCCHHHH !

La péniche bondit en avant.

— J'ai mis le turrrbo ! pouffa Klob.

— Hê-ê-ek hê-ê-ek hê-ê-ek !

Les pies se tenaient au bastingage, les plumes au vent.

— Ha ! ha ! ricana Klob. On les sème !

VRRROOOOOOOUUUM !

La Joyeuse Méduse rattrapa la péniche. À la barre, le pêcheur fit un petit signe.

— Mais c'est impossible ! s'écria Zénia Klob.

Elle tira un peu plus le levier et accéléra encore.

— Hê-ê-ek hê-ê-ek hê-ê-ek !

Les pies vibraient, les yeux exorbités.

— KHHHHHH…

Les moustaches à l'horizontale, Ginger crut qu'il allait décoller.

VRRROOOOOOOUUUM !

— Ils vont nous percuter ! cria Zénia Klob.

VRRROOOOOOOUUUM !

La Joyeuse Méduse fonçait, bord à bord avec la péniche.

Klob vit une silhouette de femme près du pêcheur. Elle portait un grand pantalon de marin et un chapeau en toile cirée jaune.

— Surprise ! lança-t-elle.

Zénia Klob resta un instant stupéfaite puis s'écria :

— Agent Bing !

— Quelle mémoire, Klob, ironisa Mme Tucker. Maintenant, rends-toi ou je viens te chercher !

— Jamais !

Zénia Klob tira au maximum le levier.

VOUUUUCCCHHHH !

VRRROOOOOOOUUUUUUUUUM !

— Tu ne pourras pas nous semer ! hurla Mme Tucker. On est trop rapides pour toi !

— Comment avez-vous volé un moteur rrrusse ? explosa Zénia Klob. C'est classé secrrret-défense !

M. Tucker éclata de rire.

— Rien à voir ! cria-t-il. Nous, on marche au gaz ! Au gaz de pets de requin ! Y a pas plus rapide dans les océans.

— La partie est terminée, Klob ! cria Mme Tucker. Cette fois, tu ne pourras pas t'échapper.

— Tu veux parier ?

D'un coup sec, Klob tira le levier du turboréacteur au-delà des vitesses autorisées, dans la zone rouge marquée « DANGER ».

— Hê-ê-ek hê-ê-ek hê-ê-ek !

— KHHHHHHH...

BOUM !

Il y eut une énorme explosion. La péniche fut envahie par un nuage de fumée.

— À l'abordage, Herman ! hurla Mme Tucker.

Quand *La Joyeuse Méduse* toucha la péniche, M. Tucker attacha ensemble les bateaux avec une grosse corde.

Michael, Lucie et Mme Cheddar se précipitèrent pour prendre un filet.

— J'y vais ! cria Mme Tucker.

Elle sauta à l'avant de la péniche.

— Hé, oh ! Face de Klob ! Par ici !

Arsène bondit derrière elle et courut se cacher derrière une plante en pot. Il ne voulait pas que Spekulos le voie tout de suite. Il comptait sur l'effet de surprise.

À l'arrière, les pies toussaient et crachaient dans la fumée, Ginger Spekulos se frottait les yeux.

— Ginger, attends-moi là, dit Klob. Je m'occupe de Bing !

Toujours sur *La Joyeuse Méduse*, Lucie et Mme Cheddar s'emparèrent d'un côté du filet, M. Tucker et Michael de l'autre.

— Prêts, les Cheddar ? s'exclama M. Tucker.

— Prêts !

Ensemble, ils lancèrent le filet le plus loin possible sur la péniche.

Ginger Spekulos sauta pour se mettre à l'abri. Les pies n'eurent que le temps de lever la tête.

— On vous tient ! cria M. Tucker.

— Hê-ê-ek hê-ê-ek hê-ê-ek !

Prisonnières du filet, les pies battaient des ailes et hurlaient.

— Oh, non ! ça ne va pas recommencer… cria Bandit.

— Ce n'est pas vrai, râla Balafre, ils nous refont le coup du filet, comme au manoir Toffly.

— Spekulos ! cria Jimmy Magpie. Sors-nous de là !

CHLAC ! D'un seul coup de griffes, Ginger déchira le filet.

— Je vous en prie, mesdemoiselles… ricana Ginger.

— Merci ! Merci beaucoup ! cria Bandit en se précipitant à l'extérieur.

— Hê-ê-ek hê-ê-ek hê-ê-ek !

Les autres se battaient toujours à qui sortirait la première.

— Quelle brute ! s'exclama M. Tucker. C'est incroyable ! Il a réussi à déchiqueter un filet à barracudas !

Arsène observait depuis sa cachette. Lui n'était pas surpris. Les griffes de Ginger Spekulos étaient plus aiguisées que des couteaux de boucher.

— Qu'est-ce qu'on fait, maintenant ? chuchota Mme Cheddar.

M. Tucker releva ses manches.

— Il a osé déchirer mon meilleur filet, il ne va pas s'en tirer comme ça !

Et il enjamba le bastingage de la péniche.

23

— Nous ferions mieux de l'accompagner, dit Michael. Il pourrait coincer sa jambe de bois quelque part.

Les Cheddar grimpèrent à leur tour sur la péniche.

— Dépêche-toi, Herman ! cria Mme Tucker.

Elle se battait déjà avec Zénia Klob.

Arsène jeta un coup d'œil depuis sa cachette. Mme Tucker balançait de toutes ses forces des sardines. Elle en avait une réserve inépuisable dans les poches de son immense pantalon de marin.

SPLATCH ! SPLATCH ! SPLATCH !

— Prends ça, Klob !

La première vague avait atteint Zénia dans l'œil. La seconde lui arracha les écouteurs de son super-récepteur.

Zip ! zip ! zip ! Zénia riposta par une salve d'épingles à cheveux.

— Spekulos ! cria-t-elle. Viens m'aider !

Arsène se demanda ce qu'il devait faire. Jusque-là, son pantalon et son chapeau avaient protégé Mme Tucker. Mais si Ginger participait à la bataille, le combat devenait inégal. Il avait des griffes capables de couper le bois. Il allait déchiqueter ses vêtements en ciré en quelques secondes.

— KHHHHHHH...

— Qu'est-ce que tu fais, Herman ? hurla Mme Tucker. Tu devais capturer le chat !

— Ma jambe est encore coincée ! rugit M. Tucker. À l'aide, les enfants !

Lucie et Michael s'emparèrent de la jambe du pêcheur.

— Tirez, matelots !

Mme Tucker et Zénia continuaient de se battre. TCHIC, TCHIC, TCHIC, TCHIC, Ginger Spekulos s'apprêtait à découper du caoutchouc.

« Et on y retourne ! », soupira Arsène en lui-même.

Il fit un pas hors de sa cachette.

— Par ici, Spekulos !

Ginger Spekulos fit volte-face.

— Arsène Lagriffe ? murmura-t-il. Ce n'est pas possible. Je… t'ai… vu tomber du pont. Tu es mort !

Arsène secoua la tête.

— Eh non ! T'as oublié qu'on avait neuf vies ?

— RRR RRR RRR RRR…

Ginger Spekulos bondit sur lui.

— Par ici, Arsène ! l'appela M. Tucker. Les Cheddar, filez en sécurité dans la cabine et vérifiez que les joyaux sont là. Laissez tomber ma jambe, je vais la dévisser !

Mme Cheddar, Lucie et Michael coururent dans la cabine.

Arsène, le regard planté dans celui de Ginger, recula lentement vers M. Tucker.

— Je vais être à court de sardines ! cria Mme Tucker.

Ginger Spekulos se hérissa et grinça :

— Fais tes adieux à tes amis, Arsène Lagriffe…

— Laisse-le-moi, Arsène ! cria soudain M. Tucker.

Arsène leva les yeux. Le marin essayait de garder l'équilibre et brandissait sa jambe de bois.

— OK, je m'occupe du vieux d'abord, ricana Ginger. T'inquiète pas, Arsène, tu ne perds rien pour attendre !

Il y eut un éclair roux.

M. Tucker tenta d'assommer Spekulos, mais il le manqua.

— Saleté de chat ! hurla-t-il. Il a sauté dans ma barbe !

Ginger Spekulos était coincé dans la barbe-pull de M. Tucker. Son collier à clous aussi.

CHLAC ! Des morceaux entiers de barbe tombaient sur le pont. CHLAC ! CHLAC ! Ginger Spekulos se taillait une sortie.

Cependant, plus il se débattait, plus il s'empêtrait.

— Aidez-moi, stupides pies !

— Hê-ê-ek hê-ê-ek hê-ê-ek !

Les pies plongèrent sur M. Tucker.

— Satanées bestioles ! Sortez de ma barbe !

Il se jeta au sol et se roula sur le pont.

— Fichez le camp ! Mais c'est qu'ils s'y feraient un nid !

— Bonne idée ! pouffa Bandit en se tortillant dans la barbe-pull. C'est super doux !

Balafre se pelotonna près de lui.

— Hé ! J'ai trouvé un morceau de sardine !

— Cool, j'ai faim, dit Brute.

Les pies se mirent à fouiller la barbe en espérant trouver d'autres morceaux.

— Arrêtez ça ! cria Jimmy Magpie. Vous voulez tous vous retrouver coincés ?

Il donna de violents coups de bec pour libérer Ginger.

CHLAC ! CHLAC ! PIC !

Arsène hésita encore. Les lambeaux de barbe-pull s'accumulaient sur le pont.

PIC ! PIC ! PIC !

Bientôt, Spekulos et Jimmy seraient libres.

Arsène entendit claquer une porte. Michael arriva en courant.

— Les joyaux de la Couronne sont en sécurité ! s'exclama-t-il.

Il serrait contre lui une bouteille verte portant la mention « Somnifère ».

— Lucie et maman cherchent les épingles à cheveux, ajouta-t-il. Tiens bon, Arsène !

Celui-ci hérissa sa fourrure et dressa les oreilles, l'abîmée aussi. Il n'avait pas besoin d'attendre les épingles à cheveux. TCHIC, TCHIC, TCHIC, TCHIC, il leva une patte.

Michael parut un instant surpris, puis il comprit.

— Tu es génial, Arsène !

Il ouvrit la bouteille et la tendit à son chat.

— Attention de ne pas t'en mettre sur la patte !

Arsène trempa ses griffes dans la potion. Dans la barbe-pull, Ginger Spekulos et les pies le regardaient, horrifiés.

— NON !

Ginger Spekulos envoya des coups de griffes désespérés.

— Dépêchez-vous de nous libérer, bande d'oiseaux sans cervelle ! cria-t-il, paniqué. S'il nous griffe, il va nous endormir !

— Comment as-tu deviné ? cracha Arsène.

— Hê-ê-ek hê-ê-ek hê-ê-ek !

— Je commence par vous, les gars ? dit Arsène.

CHLAC !

Il endormit Brute.

CHLAC !

Il endormit Gozier.

CHLAC !

Il endormit Balafre.

CHLAC !

Canaille ronfla bientôt.

CHLAC !

— C'est *La Belle au bois dormant* ! s'écria Bandit juste avant de s'évanouir.

Arsène trempa à nouveau ses griffes dans la bouteille.

— C'est ton tour, Jimmy…

— Tu paieras pour ça, Arsène Lagriffe !

CHLAC !

Jimmy Magpie battit une dernière fois des ailes et ferma les paupières.

— Bonne nuit, Spekulos !

CHLAC ! CHLAC ! CHLAC !

Par précaution, Arsène griffa trois fois Ginger dans son dos musclé.

— MIIIIIIIAOUuuuuuuuuuu…

— Bon travail, Arsène ! cria M. Tucker.

Heureusement, il avait une paire de ciseaux quelque part dans une de ses poches. Très vite, six pies, un chat roux et ce qui lui restait de barbe-pull dégringolèrent sur le pont.

— Dire que je me la laisse pousser depuis tout bébé, soupira M. Tucker.

Il secoua tristement la tête.

— Il va falloir qu'Edna me tricote un nouveau pull !

« Edna ! » Arsène s'aperçut avec horreur qu'ils avaient complètement oublié Mme Tucker.

À cet instant, elle arriva, folle de rage.

— Où étais-tu ? hurla-t-elle à son mari.

Elle le frappa sur la tête avec sa dernière sardine.

— J'ai retenu Klob aussi longtemps que possible. Mais voilà ! Grâce à toi, elle s'est encore échappée !

— Pas maintenant, Edna ! dit M. Tucker.

Il se laissa tomber sur le pont et revissa sa jambe de bois. C'est alors que, muets de stupeur, ils virent tous les trois monter dans les airs les lambeaux de barbe, Ginger Spekulos et les pies empêtrés dedans.

— Ha ! ha ! ha ! ha !

C'était Zénia Klob qui tirait sur une ligne de pêche.

— Alors, agent Bing ! Tu ne savais pas qu'on pêchait le brochet, en Russie ? J'ai été sept fois championne au concours national !

— Elle a volé mon équipement ! cria M. Tucker. Faites quelque chose !

Le tas de barbe-pull flotta quelques secondes puis accéléra sa course jusqu'à *La Joyeuse Méduse.*

POUT POUT POUT POUT POUT…

— Salut, *bye-bye*, *do svidaniya*, marins d'eau douce ! cria Klob.

— Elle a volé mon bateau ! hurla M. Tucker au bord de la crise de nerfs.

Klob était en train de s'enfuir, avec Ginger Spekulos, avec les pies ! Arsène ne pouvait pas l'accepter après tous les risques qu'il avait pris. Il bondit sur la balustrade de la péniche, prêt à se jeter dans la Tamise, prêt à poursuivre *La Joyeuse Méduse* à la nage, s'il le fallait !

— Arsène, non !

Mme Tucker le rattrapa au dernier moment dans son chapeau de marin.

— Tu ne peux plus rien faire. Tu as fait tout ce que tu pouvais : tu as sauvé les joyaux de la Couronne et tu as sauvé la monarchie. Je pense que c'est assez pour aujourd'hui.

— Edna a raison, Arsène, renifla M. Tucker. (Il esquissa un sourire.) De toute façon, elle ne devrait pas aller loin. Dans mon réservoir, il n'y a presque plus de gaz de pets de requin.

Lucie prit Arsène dans ses bras.

— Je t'en supplie, reste avec nous.

— Pour toujours ! ajouta Michael en lui chatouillant le menton.

— Bientôt, on sera à la maison, conclut Mme Cheddar.

« À la maison… » Arsène se mit à ronronner. Il était impatient de rentrer et de raconter ses aventures à Mimi. Peut-être un soir, sur la plage, en admirant un chouette coucher de soleil.

À l'aéroport, l'inspecteur Cheddar faisait les cent pas devant les comptoirs d'enregistrement.

Son talkie-walkie grésilla, c'était le quartier général.

— Aucun signe de Klob ? demanda le directeur de la police.

— Pas encore, monsieur…

— Attention, Cheddar, si elle échappe à l'agent Bing, ce sera à vous de l'empêcher de prendre l'avion.

— Je comprends, monsieur. Elle ne m'échappera pas !

— Bien ! Je serai là aussi vite que possible.

Le directeur coupa la communication. Au même instant, une femme âgée, en imperméable et bonnet de laine, arriva en boitillant. L'inspecteur Cheddar reconnut au premier coup d'œil la mère du directeur !

Elle était habillée exactement comme dans la bijouterie Toffany, excepté que, en plus de sa fourrure de renard, elle portait autour du cou un affreux boa de plumes noires et blanches. L'inspecteur Cheddar grimaça. Quelle mocheté, on voyait même les becs.

— Chère madame ! s'écria-t-il. Vous êtes la mère du directeur de la police, n'est-ce pas ? Oh, je suis désolé pour ce qui est arrivé l'autre jour…

La femme lui lança un regard furieux.

— Et vous faites bien, répondit-elle sèchement.

Elle regarda autour d'elle.

— Où est mon fils ? Il m'a dit de le retrrrouver ici pour que je le voie arrrêter une crrriminelle qui s'appelle Klob, je crrrois. Mon fils aura certainement une nouvelle décorrration pour son courrrage !

— Il est en route, madame. Il ne devrait pas tarder.

La vieille dame grogna.

— Oh ! Mes cors au pied me font affrrreusement souffrrrir, se plaignit-elle. Je voudrais m'asseoir.

— Pourquoi n'iriez-vous pas en salle d'embarquement, suggéra l'inspecteur Cheddar. Il y a des sièges confortables et vous y seriez en sécurité.

— D'accorrrd, si vous insistez…

« Ouf ! » L'inspecteur Cheddar regarda la vieille dame passer les portes automatiques. Il ne voulait pas risquer que la mère du directeur se fasse endormir par Klob !

Elle disparut de son champ de vision, mais l'inspecteur crut l'entendre glousser puis courir. Il fronça les sourcils. Elle ne devait pas souffrir tant que ça !

Des sirènes de police hurlèrent et le directeur de la criminelle surgit bientôt dans le hall de l'aéroport.

— On vient de m'informer, Cheddar ! Klob a encore échappé à l'agent Bing ! Elle va arriver ici avec Spekulos et les pies.

L'inspecteur Cheddar sentit sa gorge se serrer.

— Est-ce que ma famille va bien ?

— Oui, ils sont tous en sécurité, répondit le directeur. Y compris Arsène.

L'inspecteur poussa un soupir de soulagement.

— Ne vous inquiétez pas, monsieur, dit-il. Quand Klob se montrera, je l'attraperai. Ah, j'oubliais… J'ai proposé à votre mère d'attendre en salle d'embarquement.

Il chercha vite quelque chose d'aimable à ajouter :

— Elle était très élégante avec son boa à plumes !

— De quoi parlez-vous, Cheddar ? grogna le directeur. En ce moment, ma mère joue au bridge avec Sa Majesté. Et… elle n'a pas de boa !

— Mais…

L'inspecteur était blanc comme un linge.

VRRROOOOOOOUM !

— Est-ce un avion qui décolle ? (Le directeur devint livide.) Attendez une minute, Cheddar… Vous n'avez pas encore confondu ma mère et… IMBÉCILE !

L'inspecteur soupira. Cette fois, il était certain de retourner à la circulation. Mais, au moins, sa famille était sauve.

25

Londres Palais de Buckingham

À Arsène Mitaine
Escogrif Lagriffe
2, rue des Fleurs
Littleton-sur-Mer

Cher Arsène,

Je vous écris pour vous remercier. Par votre travail efficace et courageux, vous avez sauvé la monarchie et empêché Zénia Klob et sa bande de voler les joyaux de la Couronne. Sans votre bravoure, Philip et moi serions dans un B & B en Écosse. Nous pensons que vous méritez amplement d'être promu chat officier de police.

Vous serez heureux d'apprendre que j'ai accordé une grâce royale à l'inspecteur Cheddar. Il ne sera pas rétrogradé pour avoir permis à Zénia Klob, Ginger Spekulos et ces misérables pies de s'échapper pour la Russie. J'ai moi-même demandé au directeur de la police de ne pas en faire toute une histoire. Son déguisement était très ressemblant, m'a-t-on dit. Beaucoup auraient pu s'y tromper.

De plus, je préfère savoir ces vauriens en Russie plutôt que sur notre territoire, à encombrer nos prisons.

Une dernière chose, Arsène. J'ai écrit à l'agent Bing et à son époux, Herman Tucker, pour les féliciter. J'espère qu'une barbe repoussera rapidement sur les joues de M. Tucker. *La Joyeuse Méduse* a heureusement été retrouvée intacte. J'avoue avoir été impressionnée par la qualité de son

carburant aux pets de requin.
Je demanderai à nos scientifiques de l'étudier très sérieusement. Philip et moi sommes très sensibles à la protection de l'environnement.

Arsène, j'espère que nos chemins se croiseront à nouveau dans le futur et que vous trouverez un moment pour venir enseigner vos excellentes manières à mes chiens.

Avec mes félicitations,
Elizabeth
Encore reine grâce à Arsène Mitaine Escogrif Lagriffe

Arsène termina de lire la lettre à Mimi. Ils étaient assis sur le sable, à Littleton-sur-Mer, près de la cabine de plage. Arsène avait le ventre plein. Pour leur pique-nique, Mme Tucker avait enveloppé quelques sardines dans son nouveau bandana rouge. Il était brodé à son nom complet, comme celui qu'avait déchiré Ginger Spekulos.

Arsène poussa un soupir d'aise. Quelle joie d'être de retour à la maison !

Mimi lui toucha la patte.

— Je suis vraiment fière de toi, Arsène.

Elle noua le bandana autour de son cou.

— Et j'adore ton nouvel insigne de chat policier !

Arsène baissa le menton. Il n'arrivait pas à le voir, mais il savait qu'il était là, étincelant au soleil, épinglé sur le foulard.

— L'inspecteur Cheddar l'a fait faire tout spécialement pour moi, expliqua Arsène.

— Tu l'as mérité, dit Mimi.

Elle recula d'un pas, se lissa les moustaches et plissa les yeux.

— Tu m'as manqué, tu sais, dit-elle.

Le cœur d'Arsène bondit dans sa poitrine. Puis Mimi fronça les sourcils.

— Mais je suis aussi fâchée contre toi !

— Ooooh, murmura Arsène en rabattant ses oreilles.

— Pendant que tu t'amusais à sauver les corbeaux, j'étais ici à ne rien faire, se plaignit Mimi. La prochaine fois que tu pars à l'aventure, Arsène Mitaine Escogrif Lagriffe, je veux en être !

— D'accord, répondit Arsène. Mais tu dois

savoir qu'on sera peut-être obligés de te teindre d'une autre couleur.

— Ça ne me gêne pas ! s'écria joyeusement Mimi.

Arsène se leva et s'étira. S'il devait repartir pour de nouvelles aventures, il devait retrouver la forme. Pas devenir musclé comme Ginger Spekulos qui devait soulever régulièrement des haltères, mais plus mince, plus souple, comme à son arrivée à Littleton-sur-Mer, quand il était encore le meilleur chat cambrioleur du monde.

— Ça te dirait de marcher un peu ? demanda-t-il à Mimi.

— J'adorerais !

— Ville ou plage ?

— Plage !

— J'espérais que tu répondrais ça, dit Arsène. J'ai très envie de voir le coucher de soleil.

— Moi aussi.

Ronronnant doucement, les deux chats flânèrent longtemps sur le sable jusqu'à ce que le ciel s'embrase de rouge, puis devienne noir et brun… comme Arsène !

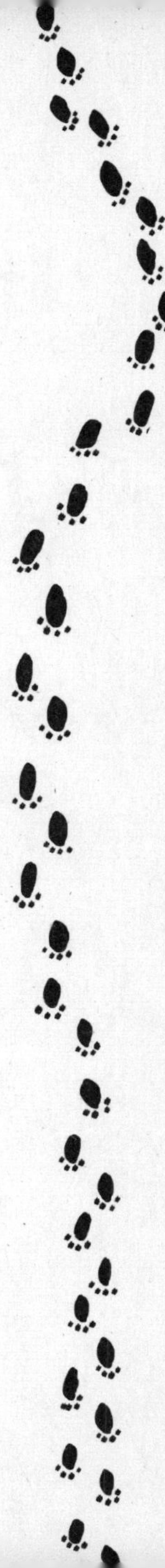

Ouvrage composé par
PCA – 44400 REZÉ

Imprimé en Espagne
par Cayfosa
S26102/02

PKJ• www.pocketjeunesse.fr
POCKET JEUNESSE

MIXTE
Papier issu de
sources responsables
FSC® C003309
FSC
www.fsc.org

Pocket Jeunesse, une marque d'Univers Poche,
est un éditeur qui s'engage pour
la préservation de son environnement
et qui utilise du papier fabriqué à partir
de bois provenant de forêts gérées
de manière responsable.